# 夜がどれほど暗くても

中山七里

ハルキ文庫



角川春樹事務所

目次

# 夜がどれほど暗くても

# 第一章　誰彼

## 1

「取材対象の一人や二人、死のうが潰《つぶ》れようが関係あるか。それより雑誌が売れるかどうかだろ」

志賀倫成《しがみちなり》の声がフロア内に響き渡る。校了間際の「週刊春潮《しゅんちょう》」編集部は忙しさと緊張で鉄火場のような有様だが、それでも志賀のよく通る声は雑音に埋もれることがない。叱《しっ》責《せき》された井波《いなみ》は眉《まゆ》の辺りに怒りを溜《た》め込み、殊勝に項垂《うなだ》れてみせる。

井波が書いた記事自体には何の問題もなかった。今を時めく女性アイドルグループの一員である能瀬《のせ》はるみに持ち上がった不倫疑惑。ホテル従業員からの密告を基に井波がパパラッチよろしく彼女を尾行し続け、ようやく既婚男性とホテルから出てくる瞬間を写真に収めた。既婚男性の素性も、彼の妻からの証言も入手した。記事は妻に同情的で、既婚男性を若さと知名度で籠絡《ろうらく》したアイドルの倫理的責任を追及している。スキャンダル記事としてツボを押さえた構成で裏も取れており、及第点をやれる。

それなのに校了直前で当の井波が疑義を差し挟んできたのだ。

この記事を出したら能瀬はるみは引退を余儀なくされます。相手の既婚男性も世間に叩《たた》かれ、そうかと言って奥さんの憂さが晴れる訳でもありません。

記事にする社会的意義があるんでしょうか。

青臭い主張だと思ったが、青臭いなりの理はある。「週刊春潮」は大手出版社春潮社が発行する週刊誌だ。春潮社は文芸の一翼を担う出版社であるため、編集者の中には望まずして「週刊春潮」編集部に配属された者も少なくない。入社動機に「文芸の復興に尽力したい」と書いた井波もその一人だ。文芸復興に尽力すべく難関の入社試験を勝ち抜いたのに、配属先がスキャンダルを売りものにする雑誌では期待外れもいいところだろう。気持ちは分からなくもないが、副編集長の立場としては否定するしかない。それで先刻の叱責となった。

「でも死のうが潰れようがというのは、ちょっと言い過ぎじゃないんですか」

おずおずと面を上げた井波はなけなしの抵抗を試みる。

「昭和からこっち、不倫したタレントがいったい何千人いると思う。世間から非難され、裁判沙汰《ざた》にまでなった芸能人が何百人いると思う。だが大衆から必要とされた人間はちゃんと生き残っている。つまりこのくらいのスキャンダルで死んだり潰れたりするなら、所詮《しょせん》はその程度のタレントだったたってことだ。どうせ長続きなんてしないだろうから、早めに引導渡してやった方がいい」

　井波が繰り出す青臭い論理を否定することに若干の罪悪感はあるが、編集部の意向に沿うものではない。井波を一人前の記者へと育てるためにも、幼稚な正義感は叩いておく必要がある。

「タレントという人気商売を選択した時点で、己の言動には人一倍慎重になるべきだし、不倫するならするでタレント生命を賭《か》けるくらいの覚悟をするのが当然だ。だからこの記事が公表されたところで自業自得じゃないか。それに、お前は一番大事なことを忘れている」

「何ですか」

「ウチみたいな雑誌は読者の助平根性と嫉妬心《しっとしん》と偽善に応《こた》えるために存在している。そして実際、売れている。ウチが春潮社の屋台骨を支えているんだ。もっと自分の仕事に、自分の記事に誇りを持て」

　屋台骨云々《うんぬん》は冗談でも見栄《みえ》でもない。出版不況が叫ばれて久しいが、ここ数年春潮社は何とか赤字を回避できている。そもそも昨今の業績悪化は各社ともコミックと雑誌の落込みが主たる原因だが、元々春潮社はコミックの扱いが僅少《きんしょう》であったために他社ほどダメージが深刻にはならず、「週刊春潮」の売り上げは絶好調ときている。編集長の鳥飼《とりがい》も、春潮社を食わせているのは自分たちだという態度を隠そうともしていない。

　有体《ありてい》に言えば、鳥飼の自負は志賀の自負でもある。前編集長の時代まで「週刊春潮」は政治ネタと健康ネタが主体の高齢者向けだった。それを鳥飼と志賀が来てからというもの芸能ネタに大きく舵《かじ》を切り、多くの女性読者を開拓したのだ。他誌からは「オピニオン誌の面汚し」、「下衆《げす》な変節」、「平成のカストリ雑誌」などと非難されたが、出版の世界は売れたもの勝ちだ。

「記事にする社会的意義があるか、と訊《き》いたな。意義はあるさ。この記事を嬉々《きき》として読む人間がいる限り、世の中に下賤《げせん》な人間がいる限りな。別に恥ずかしいことじゃない。読者の需要に応えるのは出版人としての大いなる役目だ」

もちろん志賀は自分の言葉が半ば屁理屈《へりくつ》であるのを知っている。春潮社の看板雑誌をイエローペーパー紛《まが》いのものに堕《だ》している自覚もある。別に政権批判・社会批判のページを確保しているのを免罪符にしていることも承知している。

「それに社会の公器として存続するためには利益を出さなきゃならない。これは言い訳じゃなくて、厳然とした事実だ。マネーロンダリングじゃないが、タレントのスキャンダルを暴く記事が社会悪を叩く記事の原動力になる」

マネーロンダリングの件《くだり》で、ようやく井波は苦笑した。渋々納得したように何度か頷《うなず》き、自分の席へと戻っていく。

心底納得できた訳ではないだろうが、少なくとも動機づけの一つにはなっただろう。今はそれで充分だと志賀は考える。望んでいない仕事をするためには、己の矜持《きょうじ》に蓋《ふた》をしなければならない。蓋は多ければ多いほど、厚ければ厚いほどいい。

深夜零時を過ぎる頃《ころ》になると、校了作業で残っているのは鳥飼と志賀の二人だけになった。校了というのは確認と修正の繰り返しの最終段階に他《ほか》ならない。ライターや校正者、そして取材先からの指摘を纏《まと》めた赤字を入れて印刷所に戻す。そしてまた印刷所から届けられたゲラに赤字が反映されているかをチェックしながら更なる赤字を入れていく。

最終確認はダブルチェックの意味を込めて鳥飼と志賀の二人が担当する決まりだ。エアコンの音だけが流れる編集部で、対面《トイメン》に座った男二人が同じゲラに目を通す。傍《はた》から見ればさぞかし殺風景な画《え》だろうが、元より校了作業自体が地味なので違和感はない。

「さっきは済まなかったな」

何の前触れもなく、鳥飼がぼそりと呟《つぶや》いた。

「何がですか」

「井波にスクープを抜かせたことだ。本人への説得、あれは本来俺の仕事だ」

「編集長の仕事、盗《と》っちゃいましたかね」

「出歯亀《でばがめ》みたいな仕事に真っ当な論理と大義名分をつけるんだ。よほどの人格破綻者《はたんしゃ》かへそ曲がりでなけりゃ、井波みたいなヤツを説得できん」

「ははあ、わたしは人格破綻者かへそ曲がりですか」

「の、ふりをした常識人だ。だから見ていて余計に申し訳なかった」

鳥飼はゲラから顔を上げて話す。不遜《ふそん》さが身上の鳥飼なりに殊勝な態度だった。

「ジャリタレ一人、スキャンダルで芸能界から抹殺したところで寝覚めがいいもんじゃない。実際に引退したら、編集部は非難囂々《ごうごう》だしな。不倫自体の是非や相手家族の心情はそっちのけで目の敵にされる」

「引退させるのが書いてる側の本意じゃないんですけどね。引退されたら、こっちだってネタに困る」

「自分の作りたい雑誌を作るなら、それに見合った実績が必要だ。記事を書くのだってそうだ。書きたいものを書くのなら、信頼できるような記事を書かなきゃ通らない」

鳥飼も志賀も幾多となくボツ記事を書き、ゴシップ記事を書き、提灯《ちょうちん》記事を書いてきた。それらの上に今の肩書きがあると思っている。

「現場なんて不本意が九つに本望が一つですからね。井波の歳《とし》ではまだそういうことは分からんでしょう。あいつはもっともっと不本意な記事を書く必要があります」

「いや、今回の不倫ネタは井波に二重のプレッシャーをかけている。副編もさすがにそれは知らないか」

「まさか能瀬はるみと井波との間に個人的な関係があるっていうんですか」

「デビュー以来のファンなんだよ、あいつ」

思わぬオチに腰が砕けそうになった。

「憧《あこが》れていたアイドルの恥部やら排泄《はいせつ》物やらを漁《あさ》るような仕事だからなあ。忸怩《じくじ》たる気持ちはあったと思う。しかも自分の記事で彼女のタレント生命が断たれるとしたら、これほど残酷な話もない。だから副編。井波にはこのネタ一本で結構な洗礼になるはずだ。それは心の隅に置いといてやってくれ」

聞いていて恥ずかしくなった。

見ていないようで編集者の挙動どころか趣味まで把握している。鳥飼を「週刊春潮」の編集長に抜擢《ばってき》した上層部の判断はやはり正しく、自分が副編集長止まりなのももっともだと感じ入った。

「いちファンである井波に、死のうが潰れようがというのは確かに言い過ぎでしたね。反省します」

「その部分は構わない。実際、それくらいの気概がなきゃスキャンダルなんて暴けないからな。それより応えたのは別の箇所さ。ウチみたいな雑誌は読者の助平根性と嫉妬心と偽善に応えるために存在しているって部分」

「あれも言い過ぎでしたか」

「言い過ぎどころか、正鵠《せいこく》を射ている。だからこそ胸に刺さる」

鳥飼は眩《まぶ》しそうに顔を顰《しか》めてみせた。

「社会悪を挫《くじ》くとか大口を叩いているが、実際に雑誌が売れているのはタレントの不倫か凶悪犯のプライベートを暴いた号だ。真正面から現政権を批判した号や官僚汚職を報じた号はその六割も売れてない。副編の言う通り、読者は助平根性と嫉妬心を満足させるためにウチの雑誌を買っている」

「マーケティングの勝利だと思いますよ」

「してやったりと思う反面、空《むな》しさもあるよ。読者を馬鹿にするつもりは毛頭ないが、それでも銀座の寿司《すし》職人がスーパーのパック寿司握っているような都落ち感がある」

しれっとひどい言い方をされたが、志賀にも納得できる比喩《ひゆ》だったので異議は差し挟まなかった。

「誇れる内容で誇れる数字を弾《はじ》き出せれば理想なんだが……いや、負け惜しみだな。度々、済まないな。こんな愚痴は副編にしかこぼせん」

「編集長のはけ口にしてもらえるのなら本望ですよ」

「逆に俺をはけ口にしようとは思わないのか」

鳥飼は薄目でこちらを見る。できるなら、うんとは言わないでくれと訴えている目だった。

「副編にこぼしておいて何だが、愚痴は上にこぼすもんだ」

「愚痴は部下にこぼすべからず。分かってますよ。そうかと言って編集長にこぼすのも何だかみっともない気もしますしね」

「部下にはこぼさない、上司にもこぼさない。だったら誰《だれ》をはけ口にするつもりなんだ。奥さんか」

妻の顔を思い浮かべるまでもなく、志賀は言下に否定する。

「家で吐いてたら追い出されますよ。そもそも吐き出さなきゃならないほど鬱憤《うっぷん》が溜まってやしません」

最終チェック済みの校了紙を印刷所に送ると以後は制作局が進行を管理するので、志賀たち編集部の仕事はいったん終わる。

とっくの昔に終電を逃し、志賀はタクシーを捕まえて帰路に就く。時刻は深夜をとうに過ぎ、自宅に到着したのは午前三時前だった。

築二十年、３ＬＤＫの分譲マンション。入居した当初は瀟洒《しょうしゃ》そのものに見えたが、周囲に新築マンションが立ち並ぶようになるとたちまち色褪《いろあ》せてしまった。それでも見慣れたエントランスに戻ってくると、ほっとする。雪五尺ではあるまいが、これがおそらく終《つい》の棲家《すみか》になる予感がする。

１００６号室、開錠してドアを開けると部屋の明かりが点《つ》いていた。リビングでは鞠子《まりこ》がテーブルに片肘《かたひじ》を突いている。

「おかえりなさい」

「何だ。まだ寝てなかったのか」

「ううん。中途半端に起きただけだから。ご飯まだでしょ」

校了日だったと答えると、「だったら碌《ろく》なもの食べてないわね」と返してきた。

「冷たいスープとパンくらいならあるけど」

「それでいい」

スープは作り置きだったので、冷蔵庫からすぐに出てきた。

「朝もちゃんと食べてよね。食欲ないからって朝ご飯抜くと夏バテの原因になるんだから」

「食欲はあるから大丈夫。足りないのは睡眠時間だ」

「まあ、職業病よね」

鞠子も以前は編集者だったので、志賀の帰宅が遅いのも慢性的に睡眠時間が不足しているのも承知してくれている。同業者と結婚して都合がいいと感じるのは、こんな時だ。

スープはパンプキンスープだった。ひやりとした喉越《のどご》しにわずかな塩気が混じる。暑苦しい夜にはビールよりも美味《おい》しかった。

「この時間までずれ込むのは、何かスクープがあったから?」

「アイドルの不倫疑惑」

いくら家族であってもスクープの中身を教える訳にはいかない。抽象的に言うしかないが、よく考えてみると具体的な名前を出しても鞠子の反応にさほどの違いはないように思える。

案の定、鞠子はふうんと言ったきりでそれ以上の興味を示さない。滅多にないことだが、編集部内に起きた出来事を話してみた。

「へえ、スクープ上げた本人が取材対象のファンだったんだ」

さすがに鞠子は面白そうに釣られてきた。井波の純情を嗤《わら》うつもりはないが、個別の名前を出さなければ支障もない。何よりも、整理しきれない迷いを鞠子に話すことで毒が薄まるような気がした。

「国民的アイドルともなればファンは数十万人単位だからな。その中の一人が雑誌記者である確率も低くない」

「でも取材対象に私情は禁物でしょ」

「熱烈なファンだったから、他のヤツには取材させたくなかったのかもな」

「私情を遮断したのか、それとも私情を優先したのかは微妙なところよね」

出版社勤務だったが、文芸担当だった鞠子に取材の経験はなかったと聞いている。取材対象が見知った相手だった場合の気持ちは理解できないのかもしれない。

取材といっても、ただ相手の話を聞くだけではない。相手が隠したいこと知られたくないことを暴き立てるのが目的なのだから、勢い接し方は双方とも望んだものには成り得ない。言い換えれば、その取材を境に相手とは敵対関係になることの方が多い。その切実さを想像はできても、実感はできまい。

「お父さん、そういうことが多そうよね」

内心を見透かされたようで、どきりとした。鞠子は時々こんな風に勘の鋭いところを見せる。

「天下の『週刊春潮』だものね。お父さんの好きな女優さんとか、逆に毛嫌いしている政治家とかが取材対象になったら、やっぱり少しは私情が入るんじゃない」

「そりゃあ、俺は凡人だからな。相手が有名人だったり知己の人間だったりしたら少なからず動揺はするさ。でも、それを押し隠して取材するのがプロってもので……お前だって、担当している作家が贔屓《ひいき》の作家だったら、原稿渡される時に少しは動揺しただろう」

鞠子は苦笑しながら、うーんと呻《うめ》く。

「作家先生と作品の間に直接の関係はないから。小説が華やかだからといって、書いた本人も華やかなんて例の方が少ないしね。だけどタレントや政治家って、テレビに映っているのと実像はあまり変わらないじゃない。比較対象が違い過ぎる」

「そんなものかな」

「第一わたしがいたのはマイナーな出版社だったし。『週刊春潮』とは比べものになりませーん」

「ウチだって、そんなに華やかでもなきゃ派手でもないぞ」

むしろ逆だと思った。

編集部にタレ込まれる情報は全《すべ》て著名人の醜悪な部分だ。政治にしても経済にしてもゴシップにしても、読ませる記事になると予想できるネタは胸糞《むなくそ》悪くなるものと相場が決まっている。その胸糞悪いネタを胸糞悪くなる取材方法で地味に調べ歩き、取材対象が不愉快な表情をするのを想像しながら記事を書く。相手からも世間からも蛇蝎《だかつ》のように忌み嫌われ、ネットで叩かれ、それでもスクープを追い続ける。出版業界には華やかな印象があるらしいが、そんな妄想を抱いている人間が目の前に現れたら、一日だけでも体験入社させてやりたいと思う。十中八九、他の業種に希望を変更するだろう。

「どんな業界も似たようなものだと思う。傍から見りゃスポットライトが当たって煌《きら》めいているが、ライトの当たっていない陰の部分では表に出せないものが蠢《うごめ》いている。光が明るければ明るいほど、陰は暗くなる」

「ふーん。今日はいやに哲学的ね」

「こんな時間だからな。夜は昂奮《こうふん》していて妙な発想をすることが多くなる。朝になって思い返すと恥ずかしくなるくらいだ」

「でも、昔はよく夜中にこういう話してたよね」

記憶を巡らせてみる。言われてみれば、確かにそんなことがあった。

「同業者だったから、結構話してたな」

「アレよ。健輔《けんすけ》が小学校に上がった頃からよ。どうしても子供中心の生活になっちゃうから」

これも言われて思い出した。鞠子は妊娠を機に退職し、出産後は育児に専念したので志賀の帰りを待つことも夜更かしをすることも少なくなったのだ。

志賀は改めてリビングを見渡す。３ＬＤＫの間取りは三人で暮らしていた頃には色々と手狭だったが、二人の生活に戻った今は逆にだだっ広く感じられる。

健輔は去年、都内の大学に入学した。都内なら自宅から通えばいいと鞠子は勧めたが、それに従うはずもなく健輔はさっさと安アパートを借りて出ていってしまった。

一人息子なので鞠子は健輔を溺愛《できあい》しているようだが、志賀の方は男同士ということも手伝って単純に可愛《かわい》いなどとは思えない。加えて健輔とは仕事の件で確執めいたものがある。

自分では普通の父子関係だと思っていた。いつも午前様で日曜日にしか家にいない父親、母親とは気軽に何でも話すが父親にはどことなく気後れしている様子の息子。たまに目が合っても成績のことしか話題が見つからない。ひと月に交わす言葉は両手で余るほどだが、わざわざ口にしなくても父親の仕事には一定の理解があるのだと思い込んでいた。

ところが中学を卒業する頃から、健輔ははっきりと父親の仕事を嫌い始めた。「週刊春潮」が売り上げとともに悪名まで伸ばしていた時期と重なり、鞠子から聞いた話ではクラスメートの好きなアイドルがスキャンダルに晒《さら》された際に健輔が責められたのだという。どうして俺の好きな○○をお前の親父《おやじ》の雑誌が苛《いじ》めるのかという理屈だ。

的外れもいいところだと思うが、健輔はそう考えなかったらしい。以来、健輔は父親の仕事を疎《うと》んじ、「週刊春潮」を毛嫌いしている。

非難されるのには慣れている。軽蔑《けいべつ》されるのも職業柄やむを得ないところがある。しかし、さすがに我が子から疎まれると平常心を保てなくなる。

一度など健輔は面前で「週刊春潮」を床に叩きつけたことがある。この時は志賀もかっとなり、思わず息子の横っ面を張り飛ばした。自宅通学を勧めたにも拘《かかわ》らず健輔が外に住まいを求めたのも、この出来事が一因ではないかと志賀は考えている。健輔がどんな就職活動をするかは見当もつかないが、たとえ就職浪人をしてもここに帰ってくることがないことは容易に想像がつく。

「ね。何、物思いに耽《ふけ》ってんの」

「いや。この家、案外広いんだと思ってさ」

「これからもっと広くなるわよ」

「どうして」

「住んでいる人間がどんどん小さくなっていくから」

「……侘《わび》しい話だな」

「どこも一緒よ。だから断捨離とか終活とか流行《はや》ってるのよ」

鞠子は悟ったようなものの言い方をするが、いくぶん虚勢が入っているのは誤魔化しきれない。達観しているように装っているものの、未《いま》だに子離れできていない母親の典型のような女だった。

しかし志賀はそんな鞠子が決して疎ましくない。むしろ強がっているのが丸分かりで微笑《ほほえ》ましいとさえ感じている。

「最近、健輔から連絡あるか」

「特にないわよ。時々こっちからメール送ってるけど、元気とか問題ないとか短い返信がくるだけ」

便りのないのは良い便りか。

愛憎が綯《な》い交《ま》ぜになる息子でも、平穏な生活を過ごしていると思えばこちらも心安らかになる。

冷たいスープとパンだけで人心地がついた。後は汗を流して寝るだけだ。

「ビール、冷えてるわよ」

「いや、明日も早いからシャワーを浴びたらベッドに直行する」

「じゃあ、先に寝てる」

鞠子は寝室へと姿を消していく。一人残った志賀はリビングの天井を見上げて短く嘆息した。


翌朝、鞠子の声で起こされた。

「起きてったら」

薄目で壁時計を見ると、まだ六時半にもなっていない。

「早いんじゃないのか」

「お客さんなの」

「こんな時間にいったい誰が」

「警察」

そのひと言で眠気が吹っ飛んだ。

「お願い、出て」

鞠子は久しぶりに不安げな表情を見せる。朝の六時台にやってくる警察は不穏そのものだ。ベッドから跳ね起き、パジャマのままでインターフォンの端末があるリビングに向かう。モニター画面に収まった二人組の男のうち、正面に立った一人が警察手帳を提示している。階級は巡査長、氏名は宮藤賢次《くどうけんじ》。他に職員番号も明記してあるので、本物と見て間違いないだろう。

オートロックを解錠して数分後、宮藤たちが玄関に現れた。

「警視庁捜査一課の宮藤です」

宮藤はすらりと背が高く、まるで刑事ドラマで主役を張れそうなほど精悍《せいかん》な顔つきをしている。一方背後に控える刑事は同じく捜査一課の葛城《かつらぎ》と名乗り、こちらは真面目《まじめ》さが身体《からだ》中から滲《にじ》み出ていた。

「志賀健輔さんの件でご同行いただけませんか」

「健輔は確かにわたしの息子ですが、あいつが何かしでかしましたか」

相手は一課の捜査員だ。関《かか》わっているのならどうせ碌な事件ではないだろうと覚悟したが、宮藤の答えは志賀の予想をはるかに超えていた。

「殺人容疑です」

ぐらり、と足元の揺れる感覚があった。それでも警察慣れした頭はやけに冷静だった。

「現行犯逮捕ですか」

「いえ……息子さんも亡くなっています」

背後でとすん、と音がした。

振り返ると、鞠子が床に尻餅《しりもち》をついていた。

2

取るものも取りあえず志賀と鞠子は刑事たちに同行して現場へと向かう。既に検視は終わった頃で、両親の面通しを待つだけなのだと宮藤は言う。

志賀たちは後部座席に座らされているので、助手席にいる宮藤の表情が見えない。検視云々も前を向いたまま話されたので、志賀としては当惑するだけだった。

鞠子は覆面パトカーに同乗してからというもの、蒼《あお》い顔をして焦点の合わない目をしている。それでも熱に浮かされたように質問を投げ掛ける。

「健輔は人を殺した容疑があるんですよね」

「はい」

「それなのに本人が死んだって、どういうことなんですか」

「まだ初動の段階なので詳細は勘弁してください。亡くなったのが本当に健輔くんなのかどうかも確認していませんしね」

鞠子の交渉では埒《らち》が明かない。そう思った志賀は自分の名刺を宮藤に差し出した。

「わたし、こういう仕事をしています」

「ほう、『週刊春潮』の副編集長さんでしたか」

「商売柄、犯罪捜査には免疫もあります。現状、開示できる範囲で教えていただけませんか」

正直、自分も鞠子と同様に動顛《どうてん》しているが雑誌記者の性《さが》が最低限の情報を訊《き》き出せと命令している。

「志賀さん。これは免疫があるとかないとかの問題じゃありませんよ」

「では息子が死んだ状況くらいは話してくれてもいいでしょう」

宮藤はしばらく逡巡《しゅんじゅん》しているようだった。ひょっとしたら、志賀が素性を明かしたことが逆に作用したのかもしれない。

焦燥に駆られていると、徐《おもむろ》に宮藤が口を開いた。

「健輔くんの遺体が発見されたのは世田谷代沢《だいざわ》の住宅街です。星野《ほしの》さんという人の家です、星野さんにご面識はありませんか」

世田谷在住の星野。記憶を巡らせてみるものの、知った顔は思い浮かばない。次に愕然《がくぜん》とした。思い巡らせるまでもなく、志賀は健輔の交友関係を全くと言っていいほど知らないのだ。念のために鞠子の反応を窺《うかが》ってみたが、彼女も星野某については何も知らないらしく、首を横に振っていた。

「星野希久子《きくこ》さんというのは、健輔くんの通っている大学の講師ですよ。青年心理学を教えているみたいですね」

志賀には、ああそうですかとしか答えようがない。息子の交友関係すら知らない親が履修科目や担当講師を知っている道理がない。

息子が死んだ現場に向かっているというのに、後ろめたさが先に来てしまう。理不尽だと思ったが、日頃から健輔を見ようとしなかった自分への当てつけのようでもある。

覆面パトカーはやがて世田谷区代沢に入った。この辺りは志賀も土地鑑がある。古くからの高級住宅地で、ドラマのロケに使われそうな建物が軒を並べている。以前、ある女優のスキャンダルを追っていて何度も通った場所なので裏道まで憶《おぼ》えている。しかし、まさか健輔絡みの件で再訪するとは想像もしていなかった。

しばらく進むと、ブルーシートで玄関を覆われた平屋建てが見えてきた。その周りには数人の警察官の姿も認められる。十中八九あの家が星野宅に違いない。

案の定、葛城は件《くだん》の家から少し離れた場所にクルマを停《と》めた。

「こちらへ」

宮藤に促されて志賀たちはブルーシートでできたテントの中に入る。

進もうとした時、抵抗を覚えた。振り返ると、鞠子が上着の裾《すそ》を摑《つか》んでいた。

「待って」

鞠子は相変わらず顔を蒼白《そうはく》にしている。

「もっと、ゆっくり」

だが志賀には早歩きした覚えなどなかった。ただ鞠子の足取りが覚束《おぼつか》ないだけだ。

テントの中はひやりと冷気が漂っていた。理由は明白だ。屋外に移動させた死体を外気の熱で傷めないための処置だった。中央にシーツが敷かれ、人のかたちに盛り上がっている。

「それでは確認してください」

宮藤の手でシーツが捲《めく》られる。

現れたのは紛れもなく健輔の顔だった。すっかり生気を失い、表情らしい表情もないので、まるでマネキン人形のように見える。衣服を脱がされているらしく、鎖骨の下まで剝《む》き出しだった。

ああ、と鞠子が今まで聞いたことのない声で呻いた。

「健輔」

覚束ない足取りのままで近づくものだから、危うく倒れそうになる。志賀はその身体を咄嗟《とっさ》に支える。

「健輔え」

鞠子は膝《ひざ》を屈して青白い顔に触れようとするが、慌てた様子で葛城が止めに入った。

「すみません。手は触れないようにしてください」

本当に済まなそうに言うので、志賀は鞠子を押し留《とど》める。だが、やはりいつもとは違う力で健輔に近づこうとする。

「健輔え、健輔え」

志賀も鞠子を押さえながら息子の死に顔を見る。不思議に実感が湧《わ》いてこない。何度眺めても人形にしか見えず、悲しさも憤りも感じられない。大がかりなセットの中で撮影をしているような錯覚に囚《とら》われる。

その時だった。

何の前触れもなく、地面が揺れた。そのままだと鞠子ともども倒れそうなので、必死に足を踏ん張ってみる。意外だったのは異常を感知したのが自分だけで、宮藤たちは平然と立っていることだった。それなら平衡感覚が乱れているのは自分だけという結論に至る。

ふと気づくと、宮藤が何度も自分の名前を呼んでいた。

「志賀さん。大丈夫ですか」

「あ、ああ、はい。大丈夫です」

「健輔くんに間違いありませんか」

「はい。息子……だと思います」

「ご苦労さまでした。遺体は司法解剖の後にお返ししますので、それまでご辛抱ください」

「解剖」

鞠子の声が裏返る。

「解剖って何ですか。どうして健輔が解剖されなきゃいけないんですか。も、もう死んでいるのに」

「まだ不明な点がいくつかあるのですよ」

「返してください」

どこにそんな力があったのか、鞠子は志賀を引き摺《ず》るようにして宮藤に迫る。

「今すぐ健輔を返してください。すぐに、すぐに葬式を上げてあげないと」

「奥さん、落ち着いて」

宮藤は横目で志賀に助けを求める。志賀にしてもまだ気持ちの整理はついていないが、ここで警察の邪魔をするのが得策でないことくらいは理解できる。

「やめろ」

そう言って、鞠子の前に立って押し留める。

「検視官が必要性を認めたら、司法解剖しなきゃならん。決まり事なんだ」

「でも、それじゃあ健輔があんまり」

そうだ、健輔があまりに浮かばれない。だからこそ志賀たちは交換条件を提示することができる。

「宮藤さん。これで死んだのが健輔であるのが確認できました」

「ご苦労さまでした」

「それならもう秘匿する必要はないはずです。事件の詳細を教えてください」

「いいでしょう」

あっさり答えると、宮藤は二人を再び覆面パトカーに誘った。

「前もって言っておきますけど、ご両親には辛《つら》い話になりますよ」

鞠子の様子を窺ったが、彼女は顔を強張《こわば》らせたままで拒絶の意思も示さない。一人息子が亡くなった以上に辛いことなどない、と言わんばかりだった。

テントを出る際、家の周りを取り巻いている報道陣の姿が目に留まった。両親の自分たちが呼ばれたくらいだから、そろそろマスコミも事件を嗅《か》ぎつけた頃だろう。報道陣の中にはちらほら知った顔も見える。志賀は反射的に自分の顔を隠して覆面パトカーに乗り込む。

まさか、自分が撮られる側になろうとは。

再度二人を乗せたクルマは警視庁に向かう。取調室にでも連れていかれるかと思ったが、行き先は普通の応接室だった。

「健輔くんは別にアパートを構えているんでしたね」

宮藤の第一声がそれだった。鞠子に答えさせるのに不安があったので、志賀が質問を受ける。

「大学入学を機に家を出ました」

「よく実家には戻ってきますか。特に最近など」

「いいえ。わたしが聞いている限りは……今年も正月に一度顔を見せたくらいで、ほとんど帰っていません」

「確かに帰っている暇はなかったでしょうね」

宮藤は思わせぶりな話し方をする。

「健輔くんは星野希久子さんをストーキングしていましたからね」

耳を疑った。

「……もう一度言ってください」

「健輔くんはストーカーでした」

「馬鹿な」

「申し上げておきますがね、志賀さん」

宮藤は容赦のない視線で応える。目鼻立ちが整っているだけに、冷徹な顔をすると殊更《ことさら》に拒絶感が増す。

「初動捜査の段階なので、確定している事実はわずかです。しかし憶測めいたものは何一つありません。それに、先ほど犯罪捜査には免疫があると仰《おつしや》いましたよね。だったら、現時点でわたしが開示できる情報の正確さはお分かりでしょう」

二の句が継げなかった。

「まず事件発生の経緯からお話ししましょう。八月四日、つまり本日の午前三時通信指令センターに通報がありました。通報の主は近隣住人で、『星野さんの家から人の叫び声が聞こえる』との内容でした。普段から夫婦仲のいいことで知られていたお宅だったので、深夜の叫び声に違和感を抱いたようですね」

宮藤の説明は土地鑑のある志賀にもそれなりに頷ける。代沢は新興住宅地ではないためか、住人同士の結びつきが密になっているような印象がある。

「通報を受けて近所を巡回していた機動捜査隊が現場に急行しました。玄関ドアは施錠されておらず、中に入ってみるとリビングに男女三人が血塗《ちまみ》れになって倒れている。次いで北沢署《きたざわしょ》の強行犯係と鑑識が到着し、三人の身元と死亡を確認しました。男女二人はこの家の持主星野隆一《りゅういち》と希久子夫妻、もう一人は携帯していた学生証から志賀健輔くんと判明しました」

「学生証だけで実家の連絡先が判明するものなんですか」

「健輔くんはスマホも携帯していましてね、ご実家の連絡先はそこに記録がありました」

そう言えば健輔の身体は解剖が終われば返してくれると言われたが、所持品やアパートの私物はいつ返してくれるのだろうかと、どうでもいいことが頭を過《よぎ》る。

まずい、と自分でも思った。思考が重要な事に向いていないのは、まだ動顛している証拠だ。

「星野夫妻は刺殺されています。隆一氏は二カ所、希久子さんは一カ所。それぞれ心臓を貫かれて即死でした」

「息子は、健輔はどうだったんですか」

「彼も同様に即死でした。ただし彼の場合は自死と見られています。夫婦を刺殺したのと同じ凶器で自分の胸を何度か刺しています。自死と見られるのは、凶器の刃物には彼の指紋しか付着していなかったからです」

今まで黙って説明を聞いていた鞠子がびくりと身体を震わせた。ここで激昂《げきこう》させては話が続かなくなる。志賀は鞠子の背中から手を回して彼女の身体を押さえる。

「状況は健輔くんが星野夫妻を刺殺した後に自殺を図ったものと推測されました。もちろんその時点ではただの推測だったのですが、健輔くんのスマホを閲覧すると、彼の犯行であると断定せざるを得なくなりました。何故《なぜ》なら、そこに保存されていたのは、星野希久子さんを遠くから隠し撮りしたと思《おぼ》しき画像、更にはＬＩＮＥでの彼女とのやり取りだったからです。その交信記録を見る限り、健輔くんが希久子さんに横恋慕し、その挙句に無理心中を図ったと思えます。星野隆一氏はその巻き添えを食ったかたちですね」

「嘘《うそ》ですっ」

止める間もなく鞠子が叫んだ。

「そんなの嘘っぱちです。あの子が他人様《ひとさま》の奥さんをストーカーするなんて。しかも心中だなんて、いい加減なことを言わないでっ」

「気持ちはお察ししますが、状況証拠も物的証拠も揃《そろ》っているんです。逆に、無理心中説を否定する材料が見当たらない」

「どうして健輔は星野宅に侵入できたんですか」

志賀はせめてもの抵抗を試みる。健輔がストーカー行為の末に相手夫婦を惨殺したなど、到底認められる話ではない。

「最初に機捜が現場に到着した際、玄関は施錠されていなかったんですよね。それは星野夫妻が健輔を招き入れたということじゃないんですか」

「夫妻が招き入れるような間柄であればストーカー行為も無理心中も有り得ないという理屈ですか。志賀さん、残念ながらその理屈も通用しません。というのも、現場にはスペアキーが落ちていたからです。我々はこのスペアキーを使って、健輔くんが侵入したものと考えています」

「健輔が使ったという証拠はあるんですか」

「少なくともマスターキーを持つ家人が使う必要はあまり考えられませんし、現場に落ちていたのはもっと考え難《にく》い。外部から侵入した者が使用し、現場に残したという解釈が一番妥当でしょう。そしてこの場合、外部の人間とは健輔くんを指します」

「息子のスマホを見せてくれませんか」

星野希久子とのやり取りがストーカー行為にあたるものなのか確認する必要がある。親族として当然の権利だと思ったが、甘い考えだった。

「証拠物件ですので、事件が終結するまでは返却も閲覧もできません」

「しかし、健輔がストーカーなんてわたしだって納得できない」

「志賀さんも記者さんなら、容疑者の肉親なり知人なりにインタビューした経験があるでしょう。その多くが『そんなことをする人間には見えなかった』と答えませんでしたか。ほとんどの容疑者というのは、『そんなことをする人間』には見えないのですよ。あなたならご承知のはずだ」

宮藤の言説はもっともで返す言葉がない。

「もちろん、地取り鑑取り含めて捜査はこれからです。現状健輔くんは被疑者に違いありませんが、我々もそうと決めつけている訳ではありません。大学の職員や友人からの聞き取りで、ストーカー行為があったかどうかも証明されるでしょう」

言い方は丁寧だが健輔を疑い、その裏付け捜査を進めると言っているに等しい。本来なら鞠子とともに怒り狂うべきなのだろうが、健輔の死に顔を見た衝撃が遅れて思考を乱している。

「健輔くんは最近実家に戻っていないということでしたが、連絡はありましたか」

こまめに連絡を試みていたのは鞠子の方だ。横目で鞠子の様子を窺うと、さっき見せた激昂はいくぶん後退しているようだった。

「時々……返信はありました。短い返事だけで」

「最近、誰かと付き合っているとか、悩みを抱えているとかの相談はありませんでしたか」

「そういうものは一度もありませんでした」

健輔に不利な証拠のつるべ打ちで抵抗力を殺《そ》がれたのか、鞠子の声は今にも消え入りそうだ。だが憤怒が治まりきらず、内部でふつふつと滾《たぎ》っているのも分かる。鞠子というのはそういう性格の女だった。

「星野という名前を聞いたこともありませんか」

志賀と鞠子が同時に否定すると、宮藤は興味を失ったように首を振った。

「捜査の過程で、またお尋ねすることが出てくるかもしれません。その際はよろしくご協力ください」

これで終《しま》いだというように、宮藤は腰を上げる。後ろで双方のやり取りを眺めていた葛城もおずおずとそれに従う。

「これで質問は終わったんでしょうか」

立ち上がった二人に挑むように、鞠子が口を開く。

「これで終わりなら息子を、健輔を返してください」

再び宮藤は助けを求めるような目で志賀を見る。言いたいだけ言って面倒はこちらに押しつけるつもりか。腹が立ったが、鞠子を宥《なだ》める役目を放棄する訳にもいかない。

「行こう、鞠子」

背中に回した手に力を入れて鞠子を立たせる。いやいやをするように抵抗するが、華奢《きゃしゃ》な身体では志賀の力に逆らいきれなかった。

「いや。あの子の身体を引き取って帰ります」

「無茶を言うな」

「何が無茶なの。ストーカーだとか殺人だとか、訳の分からない疑いを掛けられるから解剖されるのよ。弁護士さんに頼んで中止してもらわなきゃ」

頭の中で警報が鳴り響く。普段の鞠子ではない。正常な判断力や理性が激情に押し流されている。

「うん、弁護士はちゃんと頼む。だけど今日のところはいったん家に戻ろう」

「だって」

「ここにいても俺たちにできることは何もない」

志賀が鞠子を抱えるようにしてドアに向かうと、宮藤はほっとした様子だった。容疑者の両親を追い払って安心したように見えて、ひどく腹が立った。

「宮藤さん、弁護士を立てると言ったのは本気です。わたしたちは必ず息子に掛けられた嫌疑を晴らしてみせます」

すると宮藤は一瞬だけ同情の色を浮かべた。その色が尚更《なおさら》、志賀を苛立《いらだ》たせる。

「被疑者の権利です。お止めしません」

同情の中にも勝ち誇るような響きを感じ取る。志賀は大層心を黒くして応接室を出る。

「よろしければご自宅までお送りしましょうか」

「タクシーを捕まえるので結構です」

せめてもの捨て台詞《ぜりふ》だった。

だが一階フロアから出る時、改めて己の置かれた立場を思い知らされた。二人が玄関から出た途端、数多《あまた》の報道陣に取り囲まれたのだ。

「失礼します。『週刊春潮』の志賀さんですよね。息子さんに殺人容疑が掛けられているそうですが」

「お名前はかねがね伺っています。息子さんは潔白だとお思いですか」

「被害者は大学講師夫婦ということですが、志賀さんは面識あったんですか」

「普段報道している側として、今のお気持ちを」

マイクとICレコーダーにカメラ、そして人人人。悪意と好奇心を剝き出しにした顔と手が二人に襲い掛かる。あっという間に揉《も》みくちゃにされ、鞠子を抱えていた手が解《ほど》けそうになる。

質問責めにされる側からの光景はこんな風だったのか。

立場の逆転に呆然《ぼうぜん》とし、志賀は声を発することもできずにいた。健輔を失った衝撃と嫌疑を掛けられた憤怒、そしてマスコミの食い物にされる怯《おび》えで言葉が見つからない。

「通してください」

そう言うのがやっとだった。本当に疚《やま》しいところがないのならカメラとマイクの前で堂々と身の潔白を訴えればいいだろうという従前の思い込みは、完膚なきまでに粉砕された。悪意と好奇心の放列に晒されると、どんな人間でも平常心を失う。自分がひどく矮《わい》小《しょう》な人間に思え、孤立無援だと思い込んでしまう。

視界の隅に見知った顔があった。かつて志賀が現場でスクープを追っていた時、抜くか抜かれるかを競っていた他社の記者たちだった。彼らは一様に憐憫《れんびん》の目で志賀を見ている。先刻、宮藤が自分に浴びせた視線と酷似していた。遠巻きに眺めているのが武士の情けだとでもいうのか。そんな浅薄な同情をするくらいなら、いっそ真正面から叩き斬《き》ってくれた方が本望だ。

マイクを撥《は》ね退《の》け、人ごみを掻《か》き分けながら前に進む。

「お立場は察しますが、普段はこうしたインタビューをされているんですから」

「まさか自分がされる方になった途端、態度を豹変《ひょうへん》させるなんて」

「報道に身を置く人間として、ここは我々の質問に答えるべきじゃないんですか」

「聞けば息子さんは担当講師のストーカーだったそうじゃないですか」

「他人のスキャンダルを暴いているご本人の息子さんが犯罪者だった事実を、どう受け止めますか」

ようやく捕まえたタクシーの後部座席に鞠子を押し込み、自分も乗ろうとした時、左手を掴まれた。

「逃げるんですか、志賀さん」

功名心と義憤に目を輝かせた若い記者だった。

「自身のことになると逃げの一手。あなたはそれでもジャーナリストですか」

この場でジャーナリストという言葉を持ち出すのか。若者にありがちな視野狭窄《きょうさく》の正義感と夜郎自大《やろうじだい》が鼻につく。それでも、この場で何を言っても曲解され、面白おかしく報じられるのは知悉《ちしつ》している。

志賀は左手を乱暴に振り払い、ドアを閉めた。

「志賀さあん」

諦《あきら》めの悪い何人かがクルマのボディに取り縋《すが》り、尚《なお》もカメラを向ける。タクシードライバーは割に気が短い性格なのか、派手にクラクションを鳴らして突破を図る。

「しっつけえヤツらだな。轢《ひ》かれてえのか」

じわじわ速度を上げていくと、やっと前方を邪魔する者はいなくなった。

「災難ですね、お客さんも」

災難には間違いないので、無言で首を振ってみせる。自宅マンションの住所を告げると、一気に緊張が解けた。

ふと横を見ると、鞠子が虚《うつ》ろな目を車窓に向けていた。

3

一つのニュースが個人や家族の在り方を激変させてしまうことは、往々にしてある。だが幾度もそうした例を目の当たりにしてきた志賀も、まさか己の身に降りかかるなどとは思いもよらなかった。

警視庁から自宅に戻っても、鞠子はどこか虚ろだった。話し掛けても上の空で、それでいて突然健輔の名を叫び出す。一人にさせておくのは不安だし、そもそも出勤したところで仕事にならないのは分かりきっている。

連絡もできないまま、とうに出社時間が過ぎていた。芸能人ネタではないが、選《よ》りに選って副編集長である志賀の名前も出ているのだ。既に編集部には健輔の一件が飛び込んでいるとみて間違いないだろう。状況確認の意味もあり、志賀は鳥飼に電話を入れた。

『鳥飼だ』

「志賀です」

自分の口から事情を説明しようとしたが、鳥飼の方が早かった。

『大変そうだな、副編』

「もうご存じですか」

『他社から確認の電話が入ってる。連中の耳の早さは副編も知ってるだろ。で、事実なのか』

「わたしも警察から説明されたばかりで、まだ混乱しています」

『副編の意見は訊いていない。事実かそうでないかを訊いている』

「……警察では、健輔がストーカー行為を嵩《こう》じさせた上での殺人と考えています」

『酷なことを訊くが、普段の息子さんから犯罪行為を予測し得たのか』

「最近は離れて暮らしていたので、息子の行動を監視できませんでした。しかし、まさかそんな行動に出るなんて」

『とにかく今日は出社に及ばず』

鳥飼の口調は冷徹だったが、逆に有難かった。変に同情されても困惑するだけだ。

『有休がたっぷり溜まっていたはずだ。葬式も出さなきゃならんし、警察の取り調べも今日だけでは終わらんだろう。しばらく休んでくれても構わない』

志賀の身を案じての言葉だが、もちろん編集部延《ひ》いては春潮社への配慮も顔を覗《のぞ》かせる。今、志賀に出勤されても他社の記者に待ち伏せされ付き纏われ、業務の支障になるのは目に見えている。休んでくれても構わない、はできるだけ編集部に顔を出すなの同義語だった。

『それと承知していると思うが、他社が報じているニュースをウチだけ無視する訳にはいかない。殊に身内が絡んでいる場合は尚更だ』

「分かりました」

志賀に抗弁の余地はない。編集部員の身内がしでかしたという理由で無視を決め込めば、外部からの批判は免れない。「週刊春潮」の取材方針に疑義が唱えられ、当然売り上げにも影響を及ぼす。たとえ春潮社の社員が刑事被告人および関係者になったとしても特別扱いはせず、容赦なく俎上《そじょう》に乗せる――常々、鳥飼が公言している編集方針がそれだった。

健輔は未成年だ。その行為の是非は当然のことながら志賀にも及ぶ。殺人犯の父親として「週刊春潮」ならびに他誌からインタビュー攻勢を受けるのは必至だ。鳥飼は言外にその覚悟もしておけと告げている。

「……首を洗っておきます」

『せめて長引かせないようにする』

電話はそれきりで切れた。

休暇の届け出だけで済むはずがないと思っていたが、予想以上に気の重くなる話に終始した。休日返上の日々を過ごしていた志賀にとって、しばらく休めという指示は自宅蟄居《ちっきょ》の命令に等しい。

家にいて外出もせず、話し相手は鞠子、情報源はテレビと新聞とネット。まるで引きこもりのような生活だが、外に出て同業者や近隣の好奇の目に晒されるよりはマシだろう。

「外に出られない日が続く。食材とかの買い置きは充分なのか」

確認してみるものの、鞠子は浅く頷くだけで声を発しない。

「おい、大丈夫か」

辛《かろ》うじてこれにも反応するが、人形のように表情を見せない。のろのろと立ち上がり、台所に向かう。

突発事で混乱した際、人は無意識のうちに日常的な行為をとると聞いたことがある。鞠子の行動は典型例かもしれない。まるで声を発したり表情を出したりすれば、自身が崩壊すると恐れているかのようだった。

もちろん己が同様の恐慌状態に陥っているのを志賀も自覚していた。茫然自失《ぼうぜんじしつ》にならずに済んでいるのは、鞠子の挙動に神経を尖《とが》らせているからに過ぎない。鞠子を心配する必要がなければ、おそらく自分も混乱してどうにもならなくなるだろう。

台所に立つ鞠子をそれとなく監視するために、志賀も食卓へと移動する。ダイニングの壁には薄型テレビが設《しつら》えてあり、志賀はリモコンに手を伸ばす。

画面が現れた瞬間、そのテロップが目に入ってきた。

『週刊春潮記者の息子がストーカー殺人。容疑者は自殺』

反射的にスイッチを切った。

それでも心臓が早鐘を打っていた。

いったい何を見ようとしていたのか。この時間帯はどの局でもワイドショーを流している。朝刊のニュースまとめ、ネットで注目を浴びているトピックス、入ってきたばかりの速報。健輔のストーカー殺人を報じる確率は限りなく高い。そんな当たり前のことさえ思いつかなくなっているのか。

鞠子は尚も緩慢な動きで冷蔵庫の中や床下収納庫の中身を調べている。話し掛けても返事が戻らないのは分かっているので、志賀も口を開かない。

沈黙が重く伸《の》し掛かる。

耐えられなくなり志賀はスマートフォンを取り出したが、テーブルの上に置いた途端に上半身が固まった。

同じことではないか。

手持ち無沙汰になった時、人待ちをしている時には大抵携帯端末を弄《いじ》るのが癖になっている。編集部のほぼ全員が同じ所作を見せるので志賀だけの悪癖ではないのだろうが、迂《う》闊《かつ》にネットを覗けば嫌でも健輔のニュースが目に飛び込んでくる。

スマートフォンをズボンのポケットに押し込み、社会人の情報欲について考察しようと試みた。健輔とは別のことを考えていないと自分をコントロールできないような気がした。

だが上手《うま》くいかなかった。

小難しいこと、下品なことを考えようとしても、すぐに健輔の死に顔が脳裏に浮かび上がる。その度に頭を振るが映像はなかなか消えてくれない。

「……お父さん」

　気がつけば鞠子がこちらを見ていた。

「何か喋《しゃべ》って。どうせテレビもネットも見られない。二人とも黙っていたらおかしくなりそう」

　鞠子は追い詰められた小動物の顔をしていた。

「何を喋ればいいんだ」

「自分で考えてよ」

　言ったきり、鞠子はまた背を向けて食材の残りを確認する。いや、もはや確認しているのかどうかも怪しい。ただそこにあるのを眺めているだけかもしれなかった。

　結局、志賀は話すことも見つからず、二人の間には再び沈黙が降りてきた。

　一方で話さなければならないことも分かっている。健輔の葬儀だ。

　司法解剖を終えた遺体は親族の許《もと》に戻される。健輔が戻ってきたら、すぐ葬式の準備をしなければならない。志賀はふた親を亡くしているので、死亡届を提出し火葬許可証をもらう手順も憶えているはずだった。ところが混乱しているせいか、どうにも細部を思い出せない。

　葬儀はどこで行うのか、誰を呼べばいいのか、そもそもストーカー殺人犯の葬儀に参列しようとする者が何人いるのか――答えを出そうとするが、やはり健輔の顔や宮藤の言葉が邪魔をして考えが纏まらない。鞠子と話し合うのは禁物だった。この状況で息子の葬儀など持ち出せば、恐慌が悪化するだけだ。

思い惑うまま、その日は徒《いたずら》に過ぎていった。


その夜はまんじりともできず、志賀たちは朝を迎えた。

マンションには毎日午前三時に朝刊が届けられる。志賀は出勤前に読むのを日課にしていたが、今朝ばかりはその気になれない。新聞受けに本日の分が残っていれば不在に見えるので、放置しておくのが得策だろう。

鞠子には体調を気遣って寝ておくように言ったが、ベッドに入っても志賀同様に一睡もしていない。時折うわ言のように健輔の名前を呼び、寝息は一切立てなかった。横になっている間も泣いていたので、目を真っ赤に泣き腫《は》らしていた。

一方、志賀の方は一滴の涙も出なかった。もちろん哀《かな》しみも喪失感もあるが、それ以上に動揺と切実さが思考を支配している。

未成年者が人妻に懸想した挙句、夫婦ともども無理心中を図った——何ら情状酌量のできない犯行態様であり、容疑者の父親にとっては弁解が許されない事案だ。マスコミや世間からの非難は免れようがない。我が身はともかく、鞠子や編集部延いては春潮社に累が及ぶのはどうしても避けたい。

思案を巡らせながら、もう一人の志賀が冷ややかに自分を見ている。こんな風に鞠子や編集部を慮《おもんぱか》っているのは、己の内面から目を背けたいだけなのだろうと嘲笑《ちようしよう》している。

世間体や社会的責任を取り払えば、そこに残るのは息子に裏切られ先立たれた父親の無念さだ。みっともなく、醜悪で、脆弱《ぜいじゃく》で、最も見たくも見せたくもない部分だ。

そうこうしているうちに窓からは朝陽《あさひ》が射《さ》し始めてきた。鞠子はのそりとベッドから這《は》い出て朝食の用意に取り掛かる。依然として生気の失《う》せた顔から、朝食の支度さえも鞠子の逃げ道なのだと知れる。

いつもと同じトースト、いつもと同じベーコンエッグ。しかし舌に乗せ、咀嚼《そしゃく》しても砂を噛《か》むようにしか感じられない。気分や精神状態は味覚まで左右するのだと、改めて思い知らされた。

会話が途切れて手持ち無沙汰でも、テレビや携帯端末を見るのは禁物だ。二人は重い空気に圧《お》し潰されそうになりながら、もそもそと口を動かす。二人とも碌に言葉を発しない静謐《せいひつ》の中に、しかし冷静さや安穏はない。

午前九時を回った頃、志賀のスマートフォンが着信を告げた。発信者は宮藤だった。

「志賀です」

『警視庁の宮藤です。司法解剖が終わりました。健輔くんの遺体を引き取りに来てください』

予定されていた報告だったが、いざ耳にすると胸が掻《か》き毟《むし》られるような痛みを覚える。

『もう葬儀の準備は進めてますか』

「いいえ」

『ウチから葬儀社を紹介しますか』

以前に取材した前例から、警察が紹介した葬儀社に搬送や葬儀を依頼すると相場よりも高くなるのを知っている。喪主側が望む形式で弔えないケースもあると聞いている。そういえば、家族が死んだ事実を近隣に知られないよう警察署から直接火葬場に搬送してもらう方法もあったはずだ。

「ちょっと待ってもらえますか」

傍らでやり取りを聞いている鞠子に事情を説明する。すると鞠子は血相を変えて抗議した。

「どうしてこそこそしなきゃいけないのよ」

「近所に知られるぞ」

「せめてちゃんと葬式を出してあげて」

半ば鞠子に押されるかたちで返事をする。

「葬儀社はこちらで手配します」

『そうですか。いずれにしても、できるだけ早く引き取ってください』

電話を切ると、再び重苦しい沈黙が降りてきた。鞠子は何も言わず、恨めしげな目でこちらを睨《にら》んでいる。

「何か言いたいことがあるのか」

鞠子は口を閉ざしたままだった。一瞬、激情に駆られて手を上げそうになったがすんでのところで思い留まった。

片っ端から電話をして、応対が一番丁寧な葬儀社を選んでおいた。担当者の説明では、志賀たちが警視庁に到着する頃に搬送車を回してくれるらしい。

宮藤に問い質《ただ》したいこともあり、遺体を引き取りに行くのは父親の務めだと思っていた。だが単身警視庁に向かおうとすると、鞠子は当然のように自分もついていくと言い出した。

「いいのか」

本人を気遣っての言葉だったが、当の鞠子は引き取りに行くのは母親の義務だと言い張って聞かない。仕方なく同行させることにした。

出勤時間を過ぎ、エレベーターに乗り込んでいるのは志賀たちだけだった。できることなら、このまま誰とも顔を合わせることなくタクシーを拾いたい。

しかし一階で扉が開くと、それは叶《かな》わぬ願いであるのが分かった。エントランスの向こう側にはカメラを担いだ報道陣が群れを成していたのだ。

「志賀の両親か」

「間違いない。あれは父親だ」

「正面から撮れ」

同業者とはいえ、あまりの迅速さに軽い衝撃を味わう。まさかこんなに早く親の許に集《たか》ってくるとは。

鞠子は恐ろしそうに眼《め》を見開いていた。

「何、あの人たち」

「ご同業だ」

「……お父さんもいつもあんな風なの」

それには答えず、志賀は鞠子を抱き寄せて報道陣の死角に入る。スマートフォンに登録しておいたタクシー会社に連絡し、マンションの裏まで迎えにきてくれと依頼した。

玄関の反対側はゴミ置き場になっており、住人ならそのドアから外へ出られる。部外者には発見され難い出入口だった。

ゴミ置き場で身を潜めていると、途端に異臭が鼻を突いた。マンションの正式な住人だというのに、どうしてこんな場所に隠れていなければならないのか。理不尽に感じたのは自分だけではないらしく、鞠子も不快げに顔を顰めている。

ドアを細目に開けて外の様子を見る。予想通り、こちらに報道陣の影は見当たらない。そのまま待っていると、やがて一台のタクシーが近づいてきた。ロゴを確認すると迎えを依頼した会社のクルマに相違なかった。

「急いで乗るぞ」

念を押してドアを開けた瞬間だった。

「志賀さんっ」

真横から複数の声が飛んできた。ちらと声のする方向を見れば、マイクやＩＣレコーダーを握る者たちがウンカのごとく押し寄せてくる。

「乗れ、早くっ」

タクシーの中に鞠子を押し込み、自分も入ってからすぐにドアを閉める。

「『週刊春潮』副編の志賀さんですよね」

「息子さんの事件について」

「いったい、どんな息子さんだったんですか」

「今から遺体を引き取りに行くんですか」

「今のお気持ちをひと言で」

車窓に群がるいくつもの顔を無視して行き先を告げる。バックミラーに映るドライバーは眉の辺りに同情心を浮かべていた。

クルマが走り出すと、さすがに諦めたらしく報道陣は遠ざかるこちらを眺めている。彼らのことだからマンションで待ち伏せするだけでなく、別働隊を警視庁前に派遣しているに違いない。少なくとも自分が報道する側ならそうする。

そこまで考えてぞっとした。

報道する側だったのは一昨日までだ。これからは、自分の採ってきた取材方針がそのまま己に向けられる。当事者のみならず親兄弟にも、隣近所にも、そして職場や昔の知人にも容赦なくカメラが向けられる。

ミイラ取りがミイラになる、どころの話ではない。今まで「週刊春潮」の餌食《えじき》になった者や批判的だった者たちが怨嗟《えんさ》と憎悪を抱えて一斉に襲い掛かってくるのだ。

息子を亡くした欠落感に加えて、肌に馴染《なじ》んだ恐怖がずしりと胃を重くした。

ふと横を見ると、鞠子が我が身を外敵から護《まも》ろうとするかのように丸くなっていた。

思った通り、警視庁前には各社報道機関が手ぐすね引いて志賀たちを待ち受けていた。

「志賀さんっ」

「答えてくださいっ」

「志賀さあんっ」

幸い警視庁の正面玄関前には左右に警官が立っているので行く手を阻まれることはないが、それでも心を波立たせるには充分な障害だった。

一階フロアで受付を済ませると、五分もしないうちに宮藤と葛城が姿を現した。

「ご足労をかけます」

元々宮藤という男はこういう男なのだろうか。いくら容疑者とはいえ、一人息子を亡くしたばかりの両親に対して悔やみの言葉一つもない。二人に投げかける視線はどこまでも冷徹で、およそ同情の色など欠片《かけら》もない。一方、葛城の方は目を伏せがちにしており、死者の両親に対する最低限の礼節は備えているようだ。

宮藤の先導で連れていかれたのは霊安室だった。報道畑の長い志賀もさすがに霊安室に足を踏み入れたことはない。遺体を安置しているのだから仏壇があり線香の匂《にお》いが立ち込めているのかと思ったが、実際には倉庫のような薄暗い部屋に過ぎなかった。壁一面に遺体を収納するキャビネットが設えられており、霊安室というよりは資料室といった趣がある。

ただし部屋の中に漂う死臭が、まさしくこの部屋が死者の場所であるのを主張している。加えて中央のステンレス台に置かれた、盛り上がったシーツの塊が志賀の胸を締めつける。

説明の必要はなかった。

鞠子は覚束ない足取りで駆け寄りシーツを捲る。中から現れた健輔は昨日よりも更に生き物らしさを失っていた。

いつの間にか、志賀は息子の遺体に吸い寄せられていた。司法解剖の名残で、頭部と鎖骨の辺りに縫合痕《こん》が残っている。縫い目は丁寧だが、それでも違和感は相当なものだった。

おそるおそる手を伸ばして健輔の頬《ほお》に触れてみるが、ひやりとした感触に指が驚いた。

ところが鞠子は気にする様子もなく、健輔の頭を掻き抱くとひくひくと引き攣《つ》るような嗚《お》咽《えつ》を漏らし始めた。

母親の悲嘆を見ていると、父親である自分までが取り乱してはいけないという意識が頭を擡《もた》げてくる。そこで宮藤に質問をぶつけた。

「司法解剖で何か新しいことが分かったんですか」

「特段には何も。三人とも直接の死因は出血性ショック死でした。検視の見立て通りです」

「健輔が犯人だという見立ては変わらないんですか」

「司法解剖と同時に鑑識の解析作業も進行しています。残念ながら息子さんの犯行を否定する材料は何もありませんでした」

「詳しく説明してください」

「まだ捜査が終結していない時点でそれは無理です」

「健輔のスマホが押収されたままですよね。遺体と一緒に返してくれるんですか」

「何度も言いますが捜査が終結するまで、押収された物件を返却することはできません」

「それじゃあ、まるでわたしたちは蚊帳《かや》の外じゃないですか」

すると宮藤は冷徹さの下に隠していた悪意を覗かせた。

「あなたたちが蚊帳の中に入ってこなきゃいけない謂《いわ》れはない。犯罪捜査は警察の仕事だ。父親の、ましてや雑誌記者の出る幕じゃない」

瞬間、志賀は己の不明を恥じた。

今まで多くの警察官を見てきたというのに、すっかり彼らの属性を忘れていた。警察官もマスコミ人種も、他人の不幸があってはじめて成り立つ商売だ。その意味では運命共同体と言えなくもないが、警察官の方はマスコミ人種をどこかで軽蔑している。おそらく宮藤もその例外ではない。しかも志賀には殺人犯の父親という属性も加わっている。

警察官の中には、被害者とその遺族の無念を晴らすために働いているのだと公言している者もいる。そんな警察官から見れば志賀のようなマスコミ人種は唾棄《だき》すべき存在であるに決まっている。

「裏に葬儀社の搬送車が待機していると聞いています。確かに引き渡しましたからね」

宮藤は打って変わって事務的な口調になり、さっさと霊安室を出て行った。後に残った葛城は申し訳なさそうにおずおずと封筒を差し出した。

「執刀医が作成した死体検案書です」

余計な辞令がないのは宮藤と同じだったが、この男の言葉には事務的な響きがない。志賀は静かに封筒を受け取った。そして葛城なら違う対応をしてくれるのではないかと淡い期待を抱いた。

「あの、スマホは仕方ないとしても、それ以外の私物は返却してもらえませんか」

「別室に用意しています。ただし現時点でお返しできるのは財布と部屋の鍵《かぎ》だけになります」

二人の会話が聞こえているのかいないのか、鞠子はまだ遺体に取り縋っている。志賀は葛城の目の前で封筒の中身を検めた。

中身は至極あっさりしたものだった。死体検案書は死亡届と一体になっている。役所に提出した際の手続きを簡略化するためだろうかと、ぼんやり考える。とにかく鞠子がこの調子では、火葬を含めた葬儀一切は自分が仕切らなければならないだろう。

動き回っているうちは感情に蓋をすることができる。今はそれだけが救いだった。

葬儀社の計らいで通夜《つや》と告別式は区内の斎場で執り行われることになった。志賀は可能な限り親類縁者と健輔の知人に告別式の連絡をしたが、結局式に参列したのは親戚筋《しんせきすじ》と春潮社の関係者たち二十数人に留まった。健輔の同級生らしき顔は、今のところ一人も見ていない。

斎場との打ち合わせや式次第は葬儀社がしてくれたが、喪主となった志賀が暇を持て余す訳ではない。進行に従って参列者や僧侶《そうりょ》への挨拶《あいさつ》が続き、とても悲しみに浸っている間もない。

実母を弔った時にも感じたことだが、葬儀社は故意に喪主を忙しくさせているような印象がある。多忙にして悲しみに浸れないようにするための配慮のようにも考えられ、それはそれで有難いことだと思う。

僧侶の読経《どきょう》が流れる中、参列者が次々に志賀の前を通り過ぎていく。何人目かの参列者と顔を合わせた時、思わず声が出た。

「お悔み申し上げます」

「編集長」

鳥飼の出席は意外だった。事前連絡では「週刊春潮」からの参列予定はなかったからだ。身内に甘いとの批判に備えるため、編集サイドでは志賀健輔を擁護する態度は露ほども見せない方針だった。従って編集部の人間が告別式に参列するのも控えるという連絡が入っていたのだ。

「どうして」

「編集部の人間として来たんじゃない。喪主志賀倫成の友人として参列したんだ」

「春潮社の関係者が他にも来てるんですよ」

「俺は連中を見ていない。だから向こうも俺を見ちゃいないだろう」

強引な理屈はいかにも鳥飼らしく、厚情が身に沁《し》みた。

「せめてもの免罪符だ。罵《のの》ってくれていい」

「何の免罪符ですか」

「編集部としてはストーカー殺人の犯人を叩き、その背景を暴かにゃならない。手加減すればするだけ編集部への風当たりが強くなる」

「でしょうね」

「編集部には三十人を超える部員がいる。部員たちもそれぞれに家族を抱えている。彼らの生活を護るためにも、『週刊春潮』の部数を落とす訳にはいかない」

鳥飼は硬い表情のままだが、言葉の端々に俠気《おとこぎ》が偲《しの》ばれる。志賀は頷くより他にない。

「編集長の立場は理解しています」

「悪いな」

そう言って鳥飼は遺影が立て掛けられた祭壇に向かっていく。最低限の仁義は通したという姿勢には清々《すがすが》しさすら覚える。

しばらく親類の顔が並んだ。しかし、どの顔も殊勝さと迷惑さが同居しているように見える。身内から殺人犯を出したという恥辱が、告別式でも払拭《ふっしょく》できないらしい。恥ずかしいのなら参列しなければいいと思うが、そもそも知らせたのは自分だと気づいて胸の裡《うち》で赤面する。

　志賀だけの印象かもしれないが、斎場に流れているのは哀悼ではなく戸惑いだった。死者を悼むべきかどうか参列者が惑っている。

　鞠子はといえば、通夜の時からずっと沈んでいる。志賀の問いかけにもほとんど応えず、ただ遺影を虚ろに眺めるだけだった。それは告別式の今も変わらない。目の前に参列者が来れば半ば機械的に一礼するものの、視線は虚空を彷徨《さまよ》っている。

　正直、恥も外聞もなく悲しむことができるのを羨《うらや》ましいと思った。喪主の立場云々よりも、己の感情に容易《たやす》く溺《おぼ》れられる状況が羨ましい。葬儀が終われば喪主の務めも終わる。やがて一握の灰となった健輔を引き取り、マンションの一室で対面しなければならない。その時、自分にはどんな感情が生まれるのだろうか。

「この度はご愁傷様でした」

　とりとめもない考えに耽っていると、女性の声で我に返った。健輔と同年代で、髪が肩まで伸びた女性だった。

「有難うございます。健輔のお知り合いですか」

「喜納《きのう》みちるといいます。大学で同じサークルでした」

　サークルの話を持ち出されて困惑した。健輔が東朋《とうほう》大の社会学部に在籍しているのは承知しているが、言い換えればそこまでしか知らない。

どのサークルに入り、どんな友人がいるか。三度三度の飯はどこで摂《と》り、大学の外ではは何をしているのか。近所づきあいは良好なのか、学生生活に不安はなかったのか。そして恋慕するような相手がいたのかどうか。

改めて己が父親失格ではなかったかと自責の念に駆られる。別居していた事実は、この際理由にならない。電話一本メール一通で分かることもあったはずだ。それすらしなかった自分に抗弁の余地はない。

「志賀くんが星野先生を殺したなんて、わたし信じません」

みちるは決然と言い放った。

「……え」

「サークルで一年以上顔を合わせてるんです。そんな犯罪傾向をもった人間なら、とっくに敬遠してます」

ひょっとして健輔が無実である証拠でも握っているのか。志賀が尋ねようとした瞬間、みちるは頭を下げ、すぐ祭壇に向かってしまった。

参列者が少ないため、告別式はものの一時間もしないうちに終了した。

葬儀を終え、火葬も済ませると陽はとっぷりと暮れていた。

自宅に戻っても鞠子は骨壺《こつつぼ》を後生大事そうに抱えていた。まるで手放した瞬間に健輔との縁が完全に断ち切れるとでも怯えているようだった。

火葬場での鞠子の振る舞いは唐突だった。遺体を前に沈黙を続けていた鞠子は棺桶《かんおけ》が火葬炉の中に入るなり、突如狂ったように喚《わめ》き出したのだ。

やめて、焼かないで。

健輔がいなくなってしまう。

わたしからあの子を取らないで。お腹《なか》を痛めて産んだのよ。

放《ほう》っておけば焼却炉の中に飛び込みかねない鞠子を羽交い絞めにし、力ずくで制止した。華奢な身体のどこにそんな力があったのか、志賀が少しでも気を緩めれば容易く縛《いまし》めを破りそうな勢いだった。

健輔が白い灰になると、鞠子は再び消沈した。

「若い人は焼いても大腿骨《だいたいこつ》が燃え残っちゃうんです」

職員が済まなそうに燃え残った骨を砕いても、鞠子は憔悴《しょうすい》しきった目で見ているだけだった。

そして今、志賀から半ば強引に骨壺を奪われると、鞠子は精根尽き果てたように目を瞑《つぶ》った。無理もないと思う。宮藤から事件を知らされてからというもの、碌に睡眠を摂っていなかったのだ。健輔が生身を失って、ようやく緊張の糸が切れたのだろう。自然に目覚めるまで好きなだけ眠らせてやるつもりだった。果たして鞠子は何日ぶりかで寝息を立て始めた。

骨壺の前に座していると、健輔の顔が浮かんだ。最近まで見せていた不機嫌なそれではなく、まだ父親を慕っていた頃の無防備な笑顔だった。

男の子のくせに多足動物が嫌いで、庭木に潜むムカデを見ては泣いた。幼稚園に入園した時には、心細かったのか親の姿を必死に探していた。遊びの帰りはいつも疲れて寝てしまい、志賀がおんぶする羽目になった。

不意に目頭が熱くなったと思ったら、もう駄目だった。堪《こら》える間もなく身体を引き裂くような激情が込み上げ、咄嗟に顔を覆う。

それでも指の間から熱い塊がぽたぽたと滴り落ちた。

4

忌引きも明けたので一週間ぶりに出社しようとした。ただし半分は家の中に居たくない言い訳のようなものだ。骨壺と無言の会話を交わす鞠子を見ていると、こちらにまで絶望と怨嗟が伝染して精神を蝕《むしば》むような怯えがあった。男には仕事という逃げ場所が用意されている。

エントランス前の風景は相変わらずだった。カメラとマイクの放列が志賀を捕えようと狙《ねら》っている。ゴミ置き場から裏口に出る手は向こうにも知られている。かくなる上は強行突破しかない。今日は彼らを撃退するための道具も携えている。

「出てきたぞ」

エントランスから一歩出た途端に彼らは襲い掛かってくる。

「葬儀が終わってひと区切りついたところで、改めてお話を」

「被害者遺族には、もう謝罪したんですか」

「我が子がストーカー殺人を犯した事実に対して」

「犯人は未成年ということで、親としての責任を問われている訳で」

「今まで有名人のスキャンダルを暴いてきた『週刊春潮』の副編集長としての立場は」

どれもこれも想定していた質問ばかりで、志賀は舌打ちしそうになる。想定できるから切り返し方も策定できる。取材される立場に逆転したので尚更質問の陳腐さが鼻につく。

普通に考えれば一番有効な対抗手段は徹底的に無視することだろう。無視は最大の悪意だ。目の前に立った人間を無視することで、自分は最大限に侮蔑《ぶべつ》しているのだと意思表示できる。

しかしその一方、マイクとカメラを持つ自称ジャーナリストたちは侮蔑されることに慣れている。中には対象から軽蔑されるのはジャーナリストの勲章だと嘯《うそぶ》く者さえいる。志賀の無視など蚊に刺されたほどにも感じないだろう。

その時、一人が声高に叫んだ。

「あなたもジャーナリストの一人だろうが。我々に対して語る言葉の一つもないのか」

無視できない挑発だった。

「カメラっ」

語る言葉はない。

しかし返すものはある。

志賀は揉みくちゃにされながら自分のスマートフォンを彼らの眼前に突き出した。

「撮りたいなら撮れ。その代わりこっちも加害者家族に群がるあんたたちを撮る。もちろん『週刊春潮』の巻頭ページにでかでかと掲載させてもらう」

報道陣の動きがぴたりと止まった。

「腕章をしていなくても、あんたたちがどの社かくらいは分かる。一人一人個人名も明記してやる。有名になれるぞ。『週刊春潮』の発行部数を知らん訳じゃあるまい」

レンズを向けてやると、皆一様に逃げ出そうとする。志賀本人もそうだが、撮る側は撮られることに慣れていない。顔を映すこと言葉尻を取られることの危険性を熟知しているから、尚更尻込みする。

「通してくれ」

スマートフォンを突き出したまま、人込みを掻き分けていく。録音を警戒してか声を発する者もいない。

だが口惜《くや》しさと恨めしさを孕《はら》んだ昏《くら》い視線が身体中に突き刺さる。当然だ。自分でもこんな反撃をされたら腹が立つ。次の機会には利子をつけて返してやろうと目論《もくろ》む。

同業者だから話の持っていき方によっては、彼らと和解する道もあっただろう。しかし恫喝《どうかつ》の手段を選んだ今、和解の道も閉ざされてしまった。

知ったことか。

一片の苦さを嚙み締めながら志賀は捕まえたタクシーに乗り込んだ。

一週間ぶりでも、編集部独特の汗臭さを嗅《か》いだ瞬間に日常に帰還したような気分を味わった。電話の相手に口角泡を飛ばす者、ゲラ原稿に赤ペンを走らせる者、一心不乱にパソコンのキーを叩く者、そして他誌を食い入るように読んでいる鳥飼。

騒々しさの中に緊張感が走る。こんな空気を吸って人心地を得るのは歪《ゆが》んでいるのかいないのか。少なくとも志賀には自宅よりも落ち着ける場所だった。

「おはようございます」

志賀にしてみれば日常回帰への挨拶。だがそのひと言を合図に部屋の空気が一変した。

編集部員の誰もが見てはならないものを見たような気まずい顔をする。中にはあからさまに顔を背ける者までいる。

即座に自分が招かれざる者であるのを自覚したが、回れ右で引き返す訳にはいかない。

鳥飼のデスクまでつかつかと歩み寄る。

「長らくご迷惑をおかけしました。本日より復帰します」

きょうから出社する意思は前もって鳥飼に伝えてある。てっきり部内には情報共有されていると思い込んでいたが、どうやら見込み違いらしい。

「もういいのか」

「何とか落ち着きました」

「副編もそうだが、奥さんの方が心配だった」

「一週間や二週間で完全に忘れられるものじゃありません。わたしが二三日出社を早めても大差ないですよ」

「来てくれ」

そう言って鳥飼はデスクの上にあった他誌を摑んで席を立つ。日中、鳥飼が志賀と相談する場所といえば小会議室しかない。

小会議室は編集フロアの北角に位置している。窓のない壁で四方を囲まれた小部屋は密談にうってつけだ。

「皆の前ではああ言ったが、本音を言えばもう少しほとぼりが冷めてからの方がよかったのかもしれん」

鳥飼は言いにくいはずのことをさらりと切り出した。

「わたしが今日から出社する旨を全員に伝えなかったんですか」

「伝えて、あの反応だ」

ほろ苦い事実だが、同僚が事件当事者の肉親ともなれば当然かもしれない。

「息子さんの事件、他誌を読んだか」

「いえ。家内の手前、一切目を通していません」

「復帰第一日目の仕事にしてはハードな内容かな。まず目を通してみてくれ」

指示されるまま、競合他誌の表紙を捲ってみる。目次のページで健輔の事件が大きく扱われているのが分かる。中にはトップニュースに持ってきた社もあるほどだ。

上司の面前で息子の記事を読まされるのは奇妙な気持ちだった。報道の世界に身を置いて、こんな体験をする者は自分くらいではないのか。

『〈非道のストーカー殺人犯は週刊春潮副編集長の息子〉

八月四日、世田谷区代沢の住宅街で発生した殺人事件。被害者は東朋大で講師を務める星野希久子さんと夫隆一さんで、二人は鋭利な刃物で刺殺されていた。犯行現場となった星野宅では被害者夫婦以外の死体も転がっており、こちらは自殺した容疑者と目されている。容疑者は東朋大で星野さんの講座を受講していた学生K。警察の調べでは、Kは以前より星野さんにストーカー行為を働いており、思い余って星野夫婦を刺殺した後、自らも命を絶ったとの見方が濃厚である。

さて、これだけなら類似事件の多いストーカー殺人の一つなのだが、特筆すべきはKの父親があの週刊春潮の副編集長であるという点だ。週刊春潮といえばこの出版不況の中でも一人気を吐く雑誌であり、独自の取材手法と忖度《そんたく》のない編集方針はジャーナリズムの雄と称《たた》えても言い過ぎではないだろう。問題は週刊春潮がこの事件をどう報ずるかにある。

件の副編集長はKの起こした犯罪についてまだ何のコメントもしていない。正確に言えば我々の取材を拒否しているかたちである。週刊春潮が今まで誌面に掲載してきた記事の内容を鑑《かんが》みると、これは容認できない態度と言えないだろうか』

時には直截《ちょくせつ》、時には婉曲《えんきょく》に志賀の説明責任を突いてくる。更に、未成年者の犯罪は親の管理不行き届きという論調を言葉の端々に窺わせる。

これは蟄居中の志賀も予想していた記事だった。自己弁護するつもりもない。健輔が二人の人間を殺《あや》めたのなら、そういう人間に育ててしまった自分の教育方針に向き直る必要がある。

だが殊勝な気持ちは別の雑誌を捲った時に吹き飛んだ。

『〈世田谷ストーカー殺人　惨劇までの経緯〉

巷《ちまた》を賑《にぎ》わす大学講師夫妻殺人事件。犯人のKは入学当初から星野希久子さんをつけ回していた。犯人をよく知る関係者の話では、Kはいくぶん腺病質《せんびょうしつ》的な性格であり……』

どんな関係者から聞き取ったのか、健輔の中学時代に言及し「目立たないが決断が早く、頑固」だとか「おどおどしているが、時折弾けた行動に出る」だとか、好き勝手なことを書き連ねている。そればかりではない。高校入学時の顔写真まで掲載している。容疑者の過去を辿《たど》り、同窓生から卒業アルバムをせしめる。志賀本人がよく使う手だが、今回ばかりは卒業アルバムを提供した人間を非難したくなった。

健輔の人となりに言及した記事はそれだけで終わらない。近隣や同大学講師からの談話を載せ、都合のいい引用と拡大解釈で健輔の人格ならびに性癖を恣意《しい》的に歪めている。

読んでいて自制心を失いそうになるが、これもまた志賀が過去に書いてきた記事そのものだった。読者、特に芸能人ネタや犯罪ネタを愛読する読者は分かりやすい話を好む。権力者や人気者は人に言えない性癖がなければならない。必ず裏の顔を持ち、本来は唾棄すべき人間でなければならない。犯罪者はどうしようもない性格破綻者の集団であり、社会から疎外され、自分とは異なった環境、異なった身上でなければ納得できない。尚且《なおか》つ週刊誌に溢《あふ》れる悲劇は自分とは無関係でなければ許さない。手前が決して傷つかない安全地帯から、上り詰めた者の転落・他人の不幸を眺めていたい。そうでなければ、日々を真面目に過ごしている我々があまりにも惨めで報われないではないか——自《おの》ずと記事もそうした読者に阿《おもね》る内容となる。

今まで他人のスキャンダルで収益を上げていた者たちの身内が弓を引かれる立場になる。それも読者には堪《たま》らなく美味なネタであるのは間違いない。続く各誌も誌面からは嬉々とした哄笑《こうしょう》が聞こえてくるようだった。

「ずいぶん間違った内容の記事ですね」

憤りを抑え、辛うじて口にした。

「誤報とまではいかなくても、読者を誤導する気満々だと思います」

「俺もそう思う。何しろ手慣れたやり方だからな」

鳥飼の言葉は依然として温度を感じさせない。

「副編は『死刑執行人もまた死す』という映画を知っているか」

初耳のタイトルだった。

「四〇年代の古いモノクロ映画だ。〈死刑執行人〉の異名でプラハ市民に恐れられていたラインハルトというナチス高官が暗殺される。ゲシュタポは犯人捜しに躍起になるが、結局市民の団結がゲシュタポの捜査を駆逐するという、まあそんな話だ」

　鳥飼の言わんとすることは何となく理解できる。

「映画では暗殺犯が市民のヒーローと持ち上げられ、彼を警察に突き出さないことが正義として描かれる」

「……我々はゲシュタポ扱いという訳ですか」

「今まで多くの著名人の社会的名声を奪ってきたマスコミ人種は『週刊春潮』に限らず、全員が〈死刑執行人〉さ。誰よりも事情を知る父親として腹が立つか」

「立ちます」

「それなら署名記事で反論するか」

　一瞬、耳を疑った。

「もう一度、言ってください」

「あくまでも編集部の立場で言うが、志賀健輔が犯人ではないという物的証拠を副編が握っているというのなら、『週刊春潮』は他誌に対して論陣を張る。真っ向から対決して志賀健輔の冤罪《えんざい》を晴らす」

　鳥飼は志賀を正面から見据える。冗談を言っている目ではなかった。

　縋りつきたくなる言葉だったが、しかし志賀は徒手空拳《としゅくうけん》だった。息子の人格を貶《おとし》められて憤慨しても、その犯行を否定する材料など何一つ持っていない。

「どうだ」

「有難い話ですが、残念ながらそんなネタはありません」

そうか、とだけ鳥飼は反応する。残念そうに見えないのは、私情を面に出すまいと自制しているからなのか。

「あくまでも編集部の立場と言いましたよね。別の立場というのは」

「無論、春潮社としての立場だ。確たる理由もないのに社員を擁護したら、それこそ『週刊春潮』は火だるまになる。身内の恥なら尚更糾弾するくらいでなければ、読者の共感は得られない。まさしく死刑執行人もまた死す。志賀倫成を十字架に掛けろと言っているに等しい」

「編集長はどうお考えなんですが」

「副編は事件に何の関係もない。しかし記事の性格上、容疑者の父親からコメントを取らない訳にはいかない。そして志賀健輔を吊《つ》るさない訳にもいかない。手前勝手な動機で、一人娘から父母を奪った人間だからな」

いきなり不意を突かれた気がした。

今の今まで鞠子や健輔のことばかりが頭を支配して、被害者遺族については何ら考えが及ばなかった。報道を一切無視していたので存在すら知らなかった。つくづく自分も身勝手な人間だ。

「一人娘、でしたか」

「十四歳の中学生だ。本人は友人宅に泊まっていたので危うく難を逃れたが、今や日本中の同情を集める悲劇のヒロインさ。別に揶揄《やゆ》でも何でもない。実際にそういう扱いを受けている。彼女、星野奈々美《ななみ》が画面に出れば視聴率が数パーセント上がるらしい」

「彼女に親戚はいるんですか」

「祖父母は父方も母方もいない。それも彼女に同情が集まる理由の一つだ」

突然、両親を殺害され、天涯孤独となった十四歳の少女。それは確かに最強のカードだろう。

「副編は偽ることなく自説を展開してくれて構わない。ただし記事は十四歳の少女の将来を慮《おもんばか》る一方でストーカー殺人犯の行状を厳しく糾弾するしかない。当分は針の筵《むしろ》だろうが堪えてくれ」

志賀は承諾するより他なかった。

「それでは早速、取材を始める」

鳥飼はテーブルの上にICレコーダーを置いた。

「志賀倫成さん。健輔くんというのはどういうお子さんでしたか」

人の噂《うわさ》も七十五日と言うが、マスコミ業界の話題はそれほど長く保《も》たない。ただし一つの噂を忘却するには、別のセンセーショナルな話題が不可欠となる。

〈ストーカー殺人犯　実父の告白〉と見出しの打たれた「週刊春潮」は売れに売れた。犯人の父親であり、下世話な記事で名を馳《は》せた出版物の版元社員がどんな弁明をするのか。読者の興味はその一点にあり、志賀のコメント一つ取れなかった他誌は後塵《こうじん》を拝するしかなかった。

ただし雑誌は売れたものの、売れた分だけ反響も凄《すさ》まじかった。元より殺人犯の父親の懺悔《ざんげ》を求めていた読者は、息子への回想に終始しひと言の謝罪もなかった志賀に対して猛烈な非難を浴びせた。無論、「週刊春潮」の独走を許した他誌が腹いせ半分に論調を先鋭化させたきらいもあるが、志賀の態度が読者ならびに世間の嗜虐欲《しぎゃくよく》を刺激したのは紛れもない事実だった。

記事は鳥飼本人が書いたものであり、犯人自身はともかく父親まで磔《はりつけ》にするのは不合理という信念に基づいたものだった。編集長の意思は「週刊春潮」の意思でもあったが、これが裏目に出た。

抗議電話は発売日当日から始まった。

あの記事は何だ、犯人の父親という自覚はあるのか。

「週刊春潮」はあんなクズな社員を副編集長に据えているのか。

ただ一人残された被害者遺族の少女に対して申し訳ないと思わないのか。

春潮社は志賀への取材を敢行したことで、結果的にはストーカー殺人犯の擁護をしているのではないか。

ひっきりなしの抗議電話は通常業務に支障を来たし、鳥飼は回線の半分を話中にするよう命じた。抗議は電話だけに留まらない。ワイドショー番組も志賀と「週刊春潮」編集部の責任を追及し始め、さながらメディアスクラムの様相を呈してきた。鳥飼の言葉を借りれば、死刑執行人が死刑台に連行されるといったところか。

ネットは更に苛烈《かれつ》な仕置きを実行した。志賀と「週刊春潮」に対する誹謗中傷《ひぼうちゅうしょう》はもちろんのこと、その一部は志賀の個人宅と固定電話の番号を特定し画像を晒したのだ。

翌日から志賀本人に対する「善良なる市民」からの嫌がらせが始まった。マンションの壁には悪意の落書きが咲き乱れ、自宅電話は脅迫と無言電話が途切れなかった。鞠子はおちおち外出もできず、さりとて電話のベルにも怯えるので家の中にも居づらくなった。志賀が用心深く帰宅すると人の気配がせず、家中探してみると鞠子は布団に包《くる》まって震えていた。志賀はやむを得ず、警察に被害届を出さざるを得なかったが、最寄《もよ》りの警察署がすぐに何らかの対策を立ててくれる訳ではなかった。

「何の原因もないトラブルは発生しませんしねえ」

被害届を受理した担当者はそう付け加えるのを忘れなかった。

春潮社本体に対する風当たりも強くなる一方だった。〈ストーカー犯罪対策連絡会議〉なる市民連合は「週刊春潮」の不買運動を叫び、ネットを中心にして賛同者を拡大しつつあった。ネットでの誹謗中傷も不買運動も、いち出版物に対する抗議活動としては最も程度の低いものだという認識が志賀にはあるが、低俗なネガティヴキャンペーンであればあるだけ、低俗な人間を引き寄せる力を持つ。

志賀のインタビューが掲載された号こそ飛ぶように売れた「週刊春潮」も次号では激しく売り上げが落ち込んだ。異常に売り上げた号の次だったので、余計に落ち込みが目立った。

発売日の二日後、小会議室に呼び出された志賀は鳥飼から衝撃的な言葉を聞かされた。

「内示だ、志賀副編集長。来週から『春潮48』に転属してもらう」

# 第二章　人定

1

転属初日、志賀は長年見慣れた春潮社ビル本館の前を通り過ぎ、別館へと向かった。転属といっても春潮社は数多《あまた》の刊行物を持ち、「春潮48」の編集部は別館に割り当てられている。それ自体に意味はないのだが、転属を命じられた志賀には隔離されたような被害者意識がある。本館の前を通り過ぎた時には、同じ社員たちから侮蔑《ぶべつ》の視線を浴びているような錯覚に陥りもした。

志賀がこれほどまで被害者意識を抱いているのには相応の理由がある。転属先の「春潮48」は以前から何かと世間の批判を浴び、つい最近も掲載した記事の内容で物議を醸《かも》していたからだ。

きっかけは某女性議員の寄稿だった。予《かね》てよりマイノリティへのヘイトスピーチを問題視されていた女性議員はその中で『LGBT（レズビアン・ゲイ・バイセクシュアル・トランスジェンダー）には生産性がない』と論じたのだ。いかに言論の自由が保障されているとはいえさすがに顰蹙《ひんしゅく》を買ったのも束の間《つかのま》、その次の号で彼女を擁護するかたちで寄せられた原稿がこれに輪をかけて酷《ひど》かった。原稿は自称文芸評論家の筆によるもので、論文というよりは無知と偏見に塗《まみ》れた駄文の連なりでしかなかった。

炎上に更なる燃料が投下され、非難は燎原《りょうげん》の火のように広がった。春潮社に原稿を寄せていた作家・評論家は挙《こぞ》って異議を唱え、中には執筆拒否をする者さえ現れた。批判は春潮社内からも噴出し、各編集部長が実名で抗議の声を上げるに至ったのだ。

まさに四面楚歌《しめんそか》どころか集中砲火のような有様となり、今まで誌名すら知らなかった者たちにも「春潮48」とは悪辣《あくらつ》なヘイト雑誌との認識が成され、その編集に携わる者たちも同様に差別主義者と罵《ののし》られる事態と相成った。

志賀が「春潮48」に転属を命じられたのはまさにそのタイミングであり、本人が懲罰人事と受け取るのもやむを得ない状況だったのだ。

「ようこそ、今や噂《うわさ》でもちきりの『春潮48』編集部へ」

編集長の楢崎《ならさき》という男は、開口一番そう言った。

名前だけは聞き知っていたが、実物を見るのはこれが初めてだった。中肉中背で頰《ほお》が少しこけている。本来なら精悍《せいかん》な面構えに映るところだが、物欲しそうな眼《め》と軽薄そうな唇が全体の印象を台無しにしている。雑誌編集長というよりは自己顕示欲丸出しの駆け出し作家のように見える。

「志賀さん。あなたのことは人伝《ひとづて》に聞いていている。剛腕だそうじゃないか。その腕、是非我が編集部で発揮してもらいたい」

「よろしくお願いします」

「ウチの雑誌についてだけど……まあ説明は不要か。何しろ他の編集部から叩《たた》きに叩かれている雑誌だからね」

楢崎はそう嘯《うそぶ》いた。

部内のデスクを数えると全部で六脚。忙しく立ち働いているのは三人なので残りは外出しているのだろう。

編集者三人はいずれも顔色が優れなかった。元より雑誌編集は健康的な生活に縁遠い商売だが、それを差し引いてもげっそりとしている。邪推ではなく、編集部に向けられた非難に疲弊しているのだ。志賀にも似たような経験があるので、彼らの心労は手に取るように分かる。弁解するつもりはないが、雑誌の性格とその編集に携わる社員個人の生活は無関係だ。編集している限りは編集者も記事の内容に同調しているのだと思われがちだが、校了スケジュールに追われる彼らに自らの思想指向を反映させるようなゆとりはない。

「これから志賀さんには編集者として働いてもらう訳だけど、その前にウチのスタンスを説明しておきたい。今、『春潮48』は世間から大顰蹙《ひんしゅく》を浴びている訳だけど、当面はこの路線を突っ走っていくから」

一瞬、聞き間違いかと思った。

「外部どころか春潮社本体からも批判を浴びているのにですか」

「本体というのが社長をはじめとした役員連中という意味なら間違いだ。まだ上の方からのお咎《とが》めはない。ぎゃあぎゃあ煩《うるさ》いのは文芸畑の編集部だけだ。言ってみればコップの中の嵐《あらし》みたいなもんだ。どうして本体が何も言ってこないかというと、実売が伸びているからだ」

志賀はこの言葉に違和感を覚えた。『春潮48』は全盛期こそ二万部以上の実売を推移していたが、最近では一万部を割っていたはずだ。同じ出版社の刊行物だから、その程度の情報は持ち合わせている。

しかし楢崎の弁舌は止まらない。

「先月号に続き、今月号の売り上げも堅調だ。炎上騒ぎで普段は手に取らない読者を取り込めたと営業は分析している。潮目はこっちにある。この機を逃す手はないからな」

「その、あまりヘイトに傾倒し過ぎるのは問題じゃありませんか。読者を選ぶ雑誌はいずれ頭打ちになります」

「いや、当分は心配ない。それどころか保守路線を継続すればするほど読者は増えていくよ」

聞いていて段々と混乱してくる。今までにも突拍子もないことを口走る編集者に遭遇したが、この楢崎という男はその中でもトップクラスではないのか。

「志賀さん。『春潮48』の読者層を知っているかい」

「元々、四十八歳以上の男性をターゲットにして創刊されたんですよね」

「創刊からはや十年、かつての固定読者も今や六十に手が届こうとしている。彼らのほとんどはバブルを謳歌《おうか》した世代で、日本経済は世界を席巻《せっけん》し続けると信じ、自分は大国を動かしているとびきり優秀な民族だと思い込んでいた者たちだ。そしてバブル崩壊した日本がその後の二十年を失っても、まだ昔の甘い夢を忘れられずにいる」

志賀自身はバブルを謳歌した連中より一つ下の世代だったから、楢崎の指摘がさほど的外れでないのを知っている。実際、自分の上司のほとんどは「本は出せば売れる」とされていた時代の生き残りで、本が売れないのは社員の能力不足のせいと公言して憚《はばか》らなかった。

「連中は新しい価値観が理解できないし新しい文化が大嫌いだ。だから自分たちが正しいと思ってきたことにお墨付きが欲しい。もっと自分たちを誇らしい気持ちにして欲しいと願っている。志賀さん、最近視聴率のいい番組がおしなべて『日本はスゴい』という内容なのは、これと無関係じゃないんですよ」

「保守路線を継続するのは、それが理由ですか」

「うん。旧弊な価値観、古き佳《よ》き日本を賛美し、性的マイノリティや外国人の不作法至らなさに物申す。それだけで更に多くの読者を獲得できるはずだ。競合他誌だって、そうして命脈を保っている」

志賀はこの方針にも疑問を覚える。

楢崎が競合他誌としているのは保守系雑誌の代表格とされる「月刊ＮＡＨＡＨＡ」と

「極論」の二誌だ。確かにここ数年の売り上げは堅調で、固定読者の数が読めるから返本も少ない。だがこの二誌は「春潮48」と異なり、創刊時から保守系オピニオン誌を謳《うた》っていた。以来四十年に亘《わた》ってブレがないから固定読者も一定している。

だが、元々「春潮48」は健康情報雑誌として創刊した。文化的な記事も多く、同誌に寄稿するのが名誉とされた時期さえあったのだ。それが部数が低迷するようになってから徐々に保守系の記事を増やしたのが実情だった。創刊時から編集方針にブレのなかった二誌とは出自も覚悟のほども違う。現に炎上騒ぎで実売が伸びたといっても、先行する二誌にはまるで追いついていないではないか。

雑誌は編集長のものという言葉がある。編集者一人一人の思想や嗜好《しこう》が誌面に反映されることはないが、編集長は別だ。編集権があるから、編集長の方針や考え方が雑誌の性格を決定してしまうことは少なくない。楢崎が編集長として居座り続ける限り、「春潮48」は右傾化の一途《いっと》を辿《たど》るに相違なかった。

やはり、これは懲罰人事だと思った。右傾化してどんどん肩身が狭くなる編集部に押し込めて、志賀の自滅を誘うつもりなのだ。

「ただ、二誌との差別化を図らなければ部数競争に勝てないことも承知している。だからこそ志賀さんに期待したい」

楢崎は睨《ね》め回すようにこちらを見る。

「志賀さんには主に芸能ネタを追ってもらいたい」

またもや耳を疑った。

「まさか。『春潮48』に芸能ネタを載せるんですか」

「そのまさかだ。ウチの新しい読者層は自分を認めてくれる記事とともに、成功した者の失墜も大好物だからね。あなたが『週刊春潮』で培《つちか》ったノウハウを存分に駆使してほしい。上手《うま》くすれば女性読者の増加も見込める」

言われた通り、芸能ネタは確かに志賀の守備範囲だ。蓄積した取材のノウハウも芸能記者のそれに引けを取らないと自負もしている。

しかし純粋に売らんかなの目的で要請されると戸惑うのも事実だった。

「芸能ネタはとっかかりに過ぎない。いずれはヤクザネタや下ネタも扱う予定だから、そのつもりで」

いつの間に自分は芸能記者と思われていたのだろうか。

これで一端《いっぱし》のジャーナリストといえるのだろうか。

あの夜、鳥飼と交わした会話が脳裏に甦《よみがえ》る。

ウチみたいな雑誌は読者の助平根性と嫉妬心《しっとしん》と偽善に応《こた》えるために存在している。

何のことはない。編集部を違えても顔を向けている方角は一緒なのだ。

「『週刊春潮』で追っていたネタをそのまま載せるのもアリだ。同じ出版社だから向こうだって文句は言うまい」

突き放すように言われ、志賀は逆らいもせず頷《うなず》くしかなかった。

家に帰ると、中の電気が全部消えていた。

時刻は午後六時半。こんな時間に買い出しにでも行ったのかと思っていると、リビングのテーブルに突っ伏す鞠子の姿があった。

まさか。

「鞠子っ」

慌てて肩を揺すると、鞠子はゆっくりと顔を上げた。

「ああ……おかえりなさい」

「おかえりなさいじゃない。どうしたんだ、こんなところで明かりも点《つ》けずに」

「うとうとしてたら、いつの間にか寝ちゃったみたい」

抑揚の乏しい声は、寝過ごしたことを悔いても誤魔化そうとしてもいなかった。

「食べてきた?」

「まだだ」

「ちょっと待ってて。今から材料、買ってくるから」

鞠子はリビングの隅に投げ出されていたバッグから財布を抜き取ると、そのまま玄関に向かおうとする。

「おい。化粧はしなくていいのか」

呼び止められて、やっと自分がすっぴんだと気づいた様子だった。

「……もう暗くなったから構わない」

振り返りもせずにリビングを出ていこうとする。

頭の中で警告灯が点く。健輔が死んでからというもの鞠子は心ここにあらずの状態が続いているが、今日は一番深刻だった。一人で外に出すのに、言い知れぬ不安を覚える。

「俺もいくから」

玄関で追いついたが、鞠子は拒絶も驚きもしなかった。

まるで意思のない人形のようだった。こんな状態の鞠子を夜の街中に放《ほう》り出したら、何をしでかすか分かったものではない。

鞠子が食材を買う場所くらいは知っている。大型商業施設の地下に遅くまで開いているスーパーがある。値段は少々高めだが、品揃《しなぞろ》えがいいのと間違いのない商品で人気がある。

「最悪だった」

転属一日目の印象を、志賀はそう評した。帰宅するまでは口にするまいと決めていたが、半ば放心状態の鞠子を見て気が変わった。志賀が不平不満を垂れ流せば、少しは鞠子の気が晴れるように思えた。落ち込んでいる人間には他人の不幸が精神安定剤になる。

「雑誌は中途半端に右傾化しているし、編集長は顰蹙を買って媚《こび》を売るようなヤツだった」

「へえ」

「総合誌の『春潮48』に芸能ネタをぶっ込もうとしている。固定読者のニーズに応えるとともに、女性読者層を開拓したいそうだ。今まで硬い記事で鳴らしていた雑誌が急に芸能ネタを載せても、女性読者が飛びつくもんか」

「そうね」

「先行している女性週刊誌がいったい何誌あると思ってるんだ。向こうの方がパイプもネタも持っているっていうのに」

「そうね」

気のなさそうな返事が続く。暖簾《のれん》に腕押しとはこのことかと思う。

「おい、鞠子」

「ちゃんと聞いてるわよ」

「それなら何か感想なり意見なりをだな」

「わたしが意見を言ったら、お父さんの転属が撤回されるの?」

「そんなはずあるか」

「じゃあ、意味ないじゃないの」

まるで取り付く島もない。話しているうちに志賀もささくれ立ってきた。

「いい加減にしないか」

「何が」

「参っているのはお前だけじゃない。俺だって健輔が死んでからというもの、ほとほと疲れてるんだ」

返事はない。

「ただ死んだんじゃなく、人妻に横恋慕した挙句に夫婦を殺してしまった。残された者がどんな風に毎日を過ごすか、多少の想像力があれば思い留《とど》まるだろうに」

やはり返事はない。

「世間からも会社からも爪弾《つまはじ》きにされている。今度の転属だって体《てい》のいい島流しみたいなもんだ。副編から一兵卒に逆戻り、しかも芸能ネタを追えと指示された。この俺に、今更現場を駆け回れというんだ。ジャリタレや股《また》の緩い女優たちの事後の証拠を咥《くわ》えてこいというんだ。こんな話ってあるか」

しばらく沈黙が続いた後、鞠子がぼそりと呟《つぶや》いた。

「それがどうかしたの」

「何だと」

「肩書が一つ下がって、前にしていた仕事をもう一度やれって言われただけじゃない。そんな話と健輔の死んだのを一緒にしないで」

「一緒にしている訳じゃない」

「転属だってタレントつけ回すのだって、全部自分のことじゃない。結局、自分のことが一番大事なのよ」

「違うっ」

思わず声が大きくなり、志賀は周囲を見回す。通行人の何人かはこちらに関心を向けたようだった。

「言い過ぎだぞ。いくら自分がへたっているからって」

またもや返事が途切れる。

「大体、どうして健輔のことで俺たちが言い争わなきゃいけないんだ」

後に続く言葉は呑《の》み込んだ。

これから手を取り合って生きていかなければならないのに——だが、それすらも鞠子は自分本位な理屈だと罵《ののし》るのだろうか。

「言い争ってなんかない。大体、言い争うほど、あなた健輔のことを知らないでしょ」

「俺の息子だ」

「ほら、それしか知らない。あの子が高校の時にどういう友達と付き合っていたのか、大学に入ってどこのサークルに入っていたのか、彼女がどんな娘《こ》だったのか、全然知らないでしょ」

言葉を重ねるのも押し黙るのも業腹に思えてくる。

黙したまま目の前を歩く鞠子。その間は一メートルほどしかないはずなのに、背中が遠く感じる。

畜生、と胸の裡《うち》で呟く。

一人息子を失っただけではなかった。

夫婦にとっての鎹《かすがい》を失《な》くしたのだ。鎹を失くした夫婦が、これほどまでに脆《もろ》く頼りないものだとは今まで想像もしていなかった。

これから自分たちはどうなるのだろう。以前の生活を取り戻せるのだろうか。

惑いながら鞠子の後ろを歩いている時だった。

「志賀さんですか」

いきなり背後から声を掛けられた。振り向けば、そこに中学生くらいの女の子が立ち、訴えるような目で志賀を見ていた。

健輔の知り合いだろうか。

「そうだけど、君は」

言い終わらぬうちに女の子が動いた。

後ろ手にしていたから見えなかったが、右手に何かを握っていた。街灯の光をぎらりと反射させて、志賀に襲い掛かる。

切っ先が振り下ろされるのと、志賀が避《よ》けるのがほぼ同時だった。咄嗟《とっさ》のことでバランスを失い、志賀はその場に腰を落とす。

バランスを崩したのは少女も同様だった。得物《えもの》を振り下ろした勢いでつんのめり、アスファルトの上に手を突いた。

だが襲撃がそれで終わった訳ではなかった。少女は再び立ち上がり、またも得物を振り翳《かざ》した。

今度ははっきり見えた。少女が握っているのは大ぶりの工業用カッターナイフだった。

「馬鹿、やめろ」

志賀は尻餅《しりもち》をついたまま後ずさる。振り下ろしてきた手を両手で摑《つか》むのが精一杯だった。しかし振り下ろそうとする力は存外に弱かった。これなら充分撥《は》ね除《の》けられる。

「やめろおっ」

怒号とともに少女の手からカッターナイフを捥《も》ぎ取り、その身体を突き倒す。

「痛っ」

今度は少女が尻餅をつく番だった。

「何をするんだ」

我に返った時、右の手の平にちくりと感触を覚えた。

手を開いて驚いた。斜めに赤い線が走り、裂け目からゆっくりと血が滲《にじ》み出していた。避けたと思ったが、ひと太刀浴びていたらしい。

「あなた」

突発事に鞠子も駆け寄ってきた。志賀の手の平に視線を落とし、息を吞んだ。

「お前、誰《だれ》だ。どうしてこんなことを」

咄嗟の時には気の利いた言葉が出ない、と場違いなことを思った。

少女は志賀たちを睨《にら》んでいた。はっきりと殺意を持った目だった。

「あんたたちの子供にパパとママを殺《え》された」

低い声だったが、志賀の肺腑《はいふ》を抉《えぐ》るには充分だった。

健輔に殺害された星野夫婦には一人娘がいると聞いている。名前は確か奈々美とか言ったか。

「じゃあ、星野さんの」

「気安くさん付けするなよ」

可愛《かわい》い顔立ちに反して、吐き出される言葉は荒く濁っていた。

「敵討ちのつもりか。それなら、わたしたちを襲うのはお門違いだぞ」

「パパとママを殺したヤツは、もういない。だったら親であるあんたたちが責任を取るべきでしょ」

奈々美はゆらりと立ち上がる。自分の右手を開き、ようやくカッターナイフを捥ぎ取られたのを知ったように唇を不満そうに歪《ゆが》める。

「カッター返すつもり、なさそう」

「女の子がこんな物を往来で振り回すな」

「振り回すつもりなんてない。パパやママがやられたみたいに、刺し殺してやるつもりだった」

冗談や脅しでないのは声の調子で分かった。

「俺たちだって子供を亡くした」

「加害者側が被害者面すんなよ」

「俺たちを刺しても、ご両親は帰ってこない」

「そんなこたあ知ってるよ。クソ野郎っ」

仁王立ちとなった奈々美は吼《ほ》えた。その声で大勢の通行人が足を止めた。

「何だ何だ」

「どうしたお嬢ちゃん」

「痴漢かよ」

気がつけばカッターナイフを持っているのは志賀だった。正面には怒りの表情で立ちはだかる少女。誰が見てもこちらの分が悪い。

「誰か警察呼べ」

一人の野次馬の声を合図に、周囲からかしゃかしゃとシャッター音が届く。何人かが携帯端末で志賀たちを撮っているのだ。

「ふん」

警察を呼ばれるのは本意でないのか、奈々美は踵《きびす》を返すとその場を立ち去ろうとした。

「待て」

「何であんたの命令聞かなきゃいけないのよ」

それが捨て台詞《ぜりふ》となった。もう奈々美は一度も振り返ることなく、闇《やみ》の中に姿を消していく。

後には志賀たちが取り残され、それ以上の発展がないと知ると野次馬たちも三々五々散らばっていった。

半ば呆然《ぼうぜん》としていると、怪我《けが》をした手に別の手の感触が重なった。

鞠子がハンカチで傷口を塞《ふさ》いでいた。俯《うつむ》いているので顔は見えないが、口の中でもごもごと呟いている。

「どうして……どうして……どうして……」

表情を確かめる気も失《う》せた。

今しがた奈々美が見せた表情と五十歩百歩であろうことは容易に想像がつく。

一人息子を失った喪失感だけではなかった。

残された者同士の軋轢《あつれき》だけでもなかった。

一番厄介な揉《も》め事が手ぐすねを引いて待っていた。

晴れることのない恨み、消すことのできない憎悪を全身に受けて、自分たちはこれからを生きていかねばならないのだ。

「今日は帰ろう」

話し掛けると、鞠子の手が止まった。

「食欲もなくなった。飯は明日の朝でいい。近くのコンビニに何かあるだろ」

鞠子は頷きもせず、のろのろと腰を上げる。

その顔を見るのが怖かった。

## 2

翌日から早速、志賀は外に出た。芸能関係だろうが政治関係だろうが、編集部の中にいてもネタは拾えない。本当ならカメラ担当を同行させてほしかったが、楢崎は人員不足を理由に一人でネタを摑んでこいと言う。

昔取った杵柄《きねづか》を見せてくださいよ。

楢崎は挑発であるのを隠そうともしなかった。安っぽい挑発だったが、こちらが乗らなければ意欲が薄いと言われかねないので引き受けた。

我ながら子供じみた駆け引きだと自己嫌悪に駆られるが、新しい部署で役立たずの烙印《らくいん》を捺《お》されるのも腹立たしい。とにかく楢崎が感心するようなネタを咥えるまではおめおめ帰社するのも憚《はばか》られた。

しかし安っぽい挑発よりも気になったのは、命じられた取材対象だった。

能瀬はるみ。何と元部下の井波が不倫疑惑で追いかけていたアイドルだった。彼女のファンである井波はスクープの掲載を渋ったが、志賀が説き伏せた経緯《いきさつ》がある。

実際、能瀬はるみの不倫を報じた「週刊春潮」は飛ぶように売れた。ちょうど健輔の事件で志賀が出社できなかった時期だが、今年に入って一番の売れ行きだったらしい。スクープを抜かれた同業他社が切歯扼腕《せっしやくわん》したのは想像に難くない。後追い記事に各社とも名うての記者を向かわせていることだろう。

しかし、このネタは「週刊春潮」に分がある。第一報では二人がホテルから出てくる姿を掲載しているが、相手である既婚男性については素性を伏せたままでいる。井波が情報を入手しているが、第一報の時点で盛り込むことはないと鳥飼が判断したのだ。

そして井波が入手した情報だから、当然志賀にも共有されている。現時点で井波がどこまで動いているかは知らないが、少なくとも自分なら既婚男性からコメントを取ることも可能と思えた。

既婚男性の名前は早見信隆《はやみのぶたか》。イベント会社の社長という肩書で二人の出会いも容易に見当がつく。会社の所在地も本人の自宅も全て押さえてある。ただし問題が二つほどある。

一つは井波ならびに鳥飼に仁義を通すことだ。いくら従前に知り得た情報とはいえ、井波たちに無断で流用するには抵抗がある。井波も決して志賀を許してくれないだろう。もちろん仁義など最初から無視してインタビューを敢行するという選択肢もあるが、いくら何でも寝覚めが悪い。

もう一つは他《ほか》ならぬ志賀の取材スキルの問題だ。志賀が取材記者として対象を追いかけ、マイクを突き出していた頃から既に五年近くが経過している。たかが五年、されど五年。副編集長を拝命し編集部に籠《こ》もってからというもの、志賀は対象者と相対したことはなかった。ところがこの五年の間に求められる取材は一変してしまった。誰もが携帯端末を持ち、誰もがネットに投稿できる現在、取材する側も逆襲される可能性を抱えている。それは自宅マンションの前で志賀自身が証明した通りだ。取材の匙《さじ》加減を間違えれば、早晩天に向けて吐いた唾《つば》が自分に返ってくる。

いや、唾どころではない。事によれば矢や槍《やり》が飛んでくるかもしれなかった。

果たして己の錆《さ》びついた取材スキルがどこまで通用するのか――こればかりは試してみないことには予想すらつかない。


午前七時三十分、頃合いを見計らって、鳥飼に連絡を入れた。

『おう、どうした』

最後に言葉を交わしたのは数日前だというのに、ずいぶんと懐かしい気がした。

『新天地には、もう慣れたのか』

「新天地と呼べるかどうか。あの雑誌がどんな有様になっているか、編集長に説明するまでもないでしょう」

『そうだな。イラつくような挨拶《あいさつ》は抜きにしよう。で、用件は』

志賀は遠慮がちに能瀬はるみの件を切り出した。相手方は黙りこくっていたが、志賀の話が終わると最初の口調を一変させた。

『つまり早見信隆の個人情報を盗むという話なんだな』

人聞きが悪いと反論しようとしたが、言われてみればその通りで返す言葉もない。

『長年、同じ釜《かま》の飯を食ってきた仲間にまるで後足で砂を掛けるような真似《まね》だな』

鳥飼が容赦なく続けるが、やはり志賀は反論できない。

『それでもジャーナリストとしての矜持《きょうじ》があるのか』

さすがに言い過ぎだと思った。

「矜持は、あります」

『ほう、ついこの間まで仲間だった人間を出し抜いてまで守らにゃならんほどの矜持か』

「鳥飼編集長への恩義はあります。しかし春潮社に利益をもたらす記事を書くのが優先します」

『ジャーナリストよりは社畜《しゃちく》であろうとするのか』

「何とでも言ってください」

『それを聞きたかった』

不意に鳥飼の口調が元に戻る。

『目の前に落ちているカネを拾う。それくらいの泥臭さを持ち合わせていないなら、現場に復帰しても到底使い物にならん。志賀倫成の覚悟、確かに聞き届けた』

「編集長」

『早見信隆の個人情報は餞別《せんべつ》代わりにくれてやる。好きに扱うがいい。井波には俺から言っておく』

冷えていた胸の奥に火が灯《とも》る。ささやかな温《ぬく》もりだが、今は何よりも胸に沁《し》みた。

「ありがとうございます」

『礼を言うのはまだ早い。ウチだって、ただ指を咥えて見ているだけじゃない。今後は

「週刊春潮」の精鋭たちとしのぎを削るんだ。きっちり腹を括《くく》っておけ』

午前七時五十五分、志賀は南青山にある早見の会社裏を張っていた。井波が入手した情報によれば、早見は毎日この時間に出社してくる。だが不倫疑惑が報道されてからは当然警戒するから、裏の通用門から出入りするだろうと志賀は読んでいた。

こうして物陰に潜んで取材対象者を待っていると、眠っていた感覚が次第に覚醒《かくせい》するようだった。夜討ち朝駆けは当たり前、徹夜が三日続いてもアドレナリンの放出に任せて粘っていた。今から思い返すと、あんな無茶を繰り返してよく身体が保《も》ったものだと我ながら感心する。

午前七時五十七分、狙《ねら》い通り早見が現れた。通用門に近づいたところで、志賀は彼に向かって駆け出した。無論、片手には録音用にICレコーダーを携えている。

「早見さん」

突然の呼び止めに、早見がびくりと反応する。

「あなた、誰」

「『春潮48』の者です。能瀬はるみさんの件で」

能瀬はるみの名前を聞いた途端、早見の態度が硬化した。

「『春潮48』ってネトウヨ雑誌だろ。何だってアイドルの色恋沙汰《ざた》に首突っ込んでるんだよ」

「ネトウヨ雑誌じゃありません。保守系のオピニオン誌です」

「オピニオンだか何だか知らないが、あんたには関係ないことだ」

「我々には知る権利というものがあって」

「はあ？」

気に障ったらしく、早見はゆっくりとこちらに顔を向ける。

「ふざけるなよ。未成年の女の子のプライバシー覗《のぞ》くのが知る権利だとでもいうのか」

「芸能人はみなし公人です。倫理的に問題のある言動はれっきとした報道対象です」

「ハイエナ野郎め」

吐き捨てるように言われた。胸の奥からのそりと頭を擡《もた》げる感情があったが、この場で発散してはならない。

「倫理的と吐《ぬ》かしたな。それじゃあお前らハイエナにはどんな倫理があるっていうんだ。まさかタレントのスキャンダル流すことで国民の倫理が向上するとでも宣《のたま》うつもりか」

「早見さんは妻帯者でしょう。奥さんに申し訳ないと思わないんですか」

「それが余計だっつうんだ」

早見は歯を剝《む》き出しにして敵意を露《あらわ》にする。

「公人だろうが私人だろうが関係ない。夫婦のことに他人が首を突っ込むな」

正論過ぎるほどの正論に、一瞬志賀は動けなくなる。

「カミさんも大事だし、はるみだって傷つけたくない。優柔不断と嗤《わら》われようが、二股《ふたまた》と罵られようが、それが俺の本音だ。どちらかに冷たくなんてできるもんか。同じいい歳《とし》をした男だ。あんたにだって、それくらいのことは分かるだろ」

「わたしは判断したり評価したりする立場の人間じゃありません。ただ事実を伝えるのが仕事です」

「じゃあ聞くが、未成年の女の子の不倫を報じて、いったい誰がどんな得をする。ファンでもないヤツらがアイドルの転落する姿を見て喜ぶだけだ。雑誌が売れる？　視聴率が跳ね上がる？　ふん、雑誌もテレビもとっくに頭打ちじゃないか。アイドル一人叩いたところで、どれだけ生き長らえるっていうんだ」

早見は意外にしたたかだった。感情を露にしているようだが、喋《しゃべ》っていることは関係者の擁護とマスコミ批判に留まり、決して都合の悪いことは口にしていない。ICレコーダーを見た一瞬でこれだけのシナリオをこしらえたとしたら、大したものだ。

「あれ。ちょっと待てよ」

不意に早見が口調を変え、こちらを覗き込んできた。

「あんたの顔、ニュースか雑誌で見たことあるぞ……ああ、そうだ。思い出したぞ。世田谷のストーカー殺人事件で自殺した犯人の父親。『週刊春潮』の副編集長ってあんたじゃないのか」

そのひと言で身体が金縛りに遭ったように動かなくなった。

「いや、わたしは」

「『週刊春潮』も『春潮48』も同じ春潮社だよな。間違いなくあんただ」

言うが早いか早見は懐からスマートフォンを取り出し、レンズを志賀に向けてきた。

「はい、チーズ」

まるで条件反射のように、志賀は己の顔を手で覆い隠す。たちまち怯懦《きょうだ》が襲いかかり、腰を引いた。

「ストーカー殺人犯の関係者として追われた父親が、今度はアイドルの不倫を追いかけ回している。何か教訓めいているとは思わないか」

「やめてください」

「さっきまで人にレコーダー向けてたヤツがよく言うよ。目立つタグつけて拡散してやるから期待していろ」

悔しいが、攻守逆転したのを認めざるを得ない。志賀は見苦しく、顔を隠したまま何度も頭を下げる。

「すみません、すみません。勘弁してください」

謝りながら、志賀の頭の中は自己嫌悪で破裂しそうになっている。何という体たらくだろう。意気込んで五年ぶりに現場へ出たらこのざまだ。情報流用を許してくれた鳥飼がこれを見たら、どれほど嘆くことか。

「名前は」

「え」

「あんたの名前は。春潮社の人なんて呼び難《にく》いだろ」

「……志賀といいます」

「よし、志賀さん。交換条件だ。まずあんたの持っているICレコーダーと俺のスマホを交換しよう。それで撮った内容をそれぞれで消去する。どうだ」

こちらに選択権はない。志賀はすっかり観念してICレコーダーを相手のスマートフォンと交換する。最近のデジタル機器は扱いが簡単にできている。少し教え合っただけで両者ともデータ消去を完了させた。

「なあ、志賀さん」

早見の声は何故《なぜ》か優しくなっていた。

「これでお互い貸し借りはなくなった。と言うか、お互いマスコミの餌食《えじき》になる者同士だ。敵対するのはやめにしないか」

「しかし、わたしはこれが仕事なんです」

「ああ、商売でやってるのは分かるよ。率先して他人のスキャンダルを暴いて悦に入《い》るなんて、商売じゃなかったらただの人格破綻者《はたんしゃ》だ。しかし悪いけど志賀さん、あんたにこの仕事は向いていない」

「どうして、あなたにそんなことを言われなきゃいけないんですか」

「理由は見ての通りだ。あんたは報道する側以前にされる側なんだ。俺みたいに碌《ろく》に新聞を読まないヤツだってあんたの顔を知ってたんだぞ。おそらく取材する度に、相手はあんたの素性を思い出す。で、今の俺と同じことを考える。分かるか。あんたは他人にマイクを向けるには致命的なハンデを背負っているんだ」

早見の指摘には何ら反論できない。現にスマートフォンを向けられた時、自分にはまるで為《な》す術《すべ》がなかったではないか。

「さっき保守系のオピニオン誌とか言ってたよな。だったらアイドルやタレント以外にも政治家やその周辺も取材するんだろ。やめとけやめとけ。あいつらの情報網、一般人とは桁違《けたちが》いなんだろ。あんたがレコーダーを突き出した瞬間に、どアップの映像が世界中に拡散されるぞ」

ひと言ひと言が澱《おり》となって腹の底へ落ちてくる。腑《ふ》に落ちるのではなく、己の立場の脆《ぜい》弱《じゃく》さを嚙《か》み締めながら腹に収めていく作業だった。

「悪いこと言わんから外には出るな。人にマイクやレコーダーを向けるな。なるべく大声を上げず、目立つ場所に立つな」

「……まるで指名手配された逃亡犯じゃないですか」

「加害者の家族なんだろ。だったら似たようなもんだ。アイドル叩きも同じだけど、加害者の家族を叩いて誰かが得をする訳じゃない。大っぴらに手前《てめえ》の意見を手前の意見として表明できない腰抜けたちが憂さ晴らしの消耗品にするだけの話だ」

常日頃から志賀自身が考えていることだから、これにも返す言葉がない。

「それでもさ、護《まも》らなきゃならん者がいるなら護らないとな」

早見は疲れたというように首を振りながら、通用門へと去っていく。

「あんたもそうだろ、志賀さん」

最後の言葉を聞いて尚《なお》、志賀はその場に立ち尽くしていた。

敗北感と無力感が全身を蝕《むしば》んでいく。素人相手にたったひと言のコメントも取れない取材記者など、泳げない水泳選手のようなものだ。

志賀は重くなった足を引き摺《ず》るようにしながら歩き出した。

行き先は決まっていなかった。

3

結局、志賀は喫茶店で時間を潰《つぶ》した挙句、肩を落として帰社した。意気揚々と出陣したにも拘《かかわ》らず、何の収穫もなくすごすごと還《かえ》ってきたのだから立つ瀬がない。

「何だ、坊主か」

成果なしの報告を受けるなり、楢崎はそう切り捨てた。

「本人から取材拒否を受けました」

「そんなもの、最初《はな》っから承諾するはずないじゃない。今更、何言ってるんですか」

覚悟した叱責だったが、いざ他の編集者たちの前で食らうと心が折れそうになる。現に彼らはちらちらと楢崎と志賀のやり取りを盗み見ている。

「そんなんじゃ、まるで駆け出しの記者と変わらない。志賀さん、副編のデスクで胡坐《あぐら》をかいているうちに、すっかり腕が鈍っちまったのかな」

捕えたネズミを玩《もてあそ》ぶ猫のような目をしていた。

「『週刊春潮』の副編がこっちに転属すると聞いた時には、即戦力がやってくると期待したんだがな。取材対象は政治家でも芸能人でもない。ただの一般人だってのに、使ってみたら新人以下とは」

さすがに言い過ぎだと思った。

レコーダーを向けたところ、相手から逆に撮影されそうになった——弁明しようとしたが、それを言えば尚更《なおさら》自分が惨めになると気づいた。ここは楢崎の罵倒《ばとう》を甘んじて受けるしかない。

「高い給料をもらっているのに的外れな指示や命令をするばかりで、現場では何の役にも立たない。そういうのを老害というんだ」

人格を無視するような言説で相手を奮起させるのは、志賀もよく使っていた手法だ。もちろん相手が人一倍プライドの高い人間と見做《みな》した場合だけで、時には逆効果になる危険性は重々承知している。

だが楢崎の罵倒はそれと別物のように感じる。皆の前で散々獲物を痛めつけて見せしめにする、一種の恐怖政治だ。

「大体、あなたたちが入社した頃《ころ》は出版バブルの余波がまだ残っていた頃で、本は出したら売れる時代だった。ところがあなたたちは、売れたのは自分たちの企画力・販売力の賜《たま》物《もの》だと勘違いして、出版不況が襲来すると為す術がなかった」

　楢崎の年齢は知らなかったが、志賀よりも後に入社とは聞いている。するとちょうど雑誌がじわじわと売れなくなった頃で、出版バブルを知っている社員と知らない社員が混在した時代だったはずだ。

「成功体験しかないからやることなすこと楽観的で、しかも失敗した時には自分の落ち度だと思わないから、余計にタチが悪い。上司として最悪、工夫したり努力したりしないから部下としても最低」

　自分の声に陶酔するタイプらしく、楢崎の声は次第に大きくなっていく。

「春潮社本体にはしてやられた。まるでウチを人材の墓場みたいに考えていやがる」

　これもまた言い過ぎだと思った。志賀だけではなく「春潮48」の編集部全員を貶《おとし》める発言ではないか。

　ところが彼らは楢崎の暴言を聞き慣れているのか、見ぬふり聞かぬふりで、自分の作業に没頭している。

　外部からはネトウヨ雑誌と蔑《さげす》まれ、内部では楢崎から失態を罵られる。とんでもない労働環境だが、春潮社という大樹に寄っていればひとまず安泰と思っているのだろう。

　言われ放題では編集部での立ち位置に影響する。志賀の自尊心も悲鳴を上げ始めている。

「お言葉を返すようですが、新しい職場に投入されて第一日目でした」

「現場一日目だから暖機運転くらいはさせろという意味か。志賀さんのキャリアが泣くんじゃないのかな」

「威張れるようなキャリアだとは思っていませんよ」

内心では「週刊春潮」副編集長というキャリアを誇りにしている。だが、それを口に出しても詮《せん》無いことも知っている。特に楢崎のような男に披瀝《ひれき》すべきことではない。

「威張れるようなキャリアじゃない、か。なかなか男前な台詞だな。わたしも一度くらいは吐いてみたい」

楢崎は茶化すように言う。これも罵倒の一つだ。

「志賀さんがキャリアを気にしないのならウチは大助かりです。少数精鋭と言えば聞こえはいいがこの『春潮48』、慢性的な人手不足でしてね」

今回、万人から顰蹙を買うような原稿を掲載したのは、校閲者も不足していたのが理由とでも弁解するつもりか――すぐに思いついた皮肉だが、口に出せばそれこそ藪蛇《やぶへび》というものだ。

「今からだったら、新橋や有楽町辺りで帰りがけのサラリーマンやＯＬが捕まえられる。百人ばかりにアンケートをしてきてください」

たちまち志賀の心が重くなる。雑誌やワイドショーでお馴染《なじ》みの街頭アンケートだが、本来は編集者ではなくバイトのする仕事だ。

無論、編集者の仕事の大半が雑用であるのは承知しているが、バイトでもできる仕事を振られるのはいくら何でも業腹だった。

「まさかアンケートを取るのにも暖機運転が必要ですか」

売り言葉に買い言葉ではないが、断るという選択肢はなかった。

「テーマは『春潮48』の保守言論についての是非です。有象無象のコメンテーターやネットの腐ったような意見は要りません。街の、真っ当に生活している人々の声を集めてきてください」

楢崎の声がひときわ大きくなる。周囲の編集部員に聞こえよがしに言っているのだろうが、半分は己を鼓舞するために声を張り上げているように思えた。

「LGBTに嫌悪感を示す人や日本第一主義の人間は決して少なくない。そういう人間の肉声を捕えてきてください」

午後四時三十分、志賀はJR新橋駅前に立っていた。右手に相変わらずICレコーダーを、左手には自作のアンケート用紙を握り締め、道行く人々を眺めている。

テレビにしろ雑誌にしろ、街頭アンケートやインタビューを行う場所は大体決まっている。銀座四丁目和光《わこう》ビル前か有楽町東京交通会館前、あるいはJR新橋駅前。通行者数が多いのが一番の理由だが、各々で集まる層に相違があるため、富裕者層の意見を集めたい時は和光ビル前、一般サラリーマンの意見を集めたい時には新橋駅前と使い分けされている。

今回、志賀がアンケート調査の場所を新橋駅前に定めたのは、普通のサラリーマンたちを捕まえるためだった。楢崎の言説を全面的に信じているわけではないが、長年こつこつと勤めを続けている小市民が保守的な思想に傾くというのは常々志賀も考えていたことだ。

だが駅前に立って数分もすると、志賀は己の見通しの甘さを思い知った。アンケートをお願いしますと話し掛けても、誰も足を止めてくれないのだ。

目の前を行き交う者のほとんどが志賀を無視して通り過ぎていく。中には立ち止まってくれる者もいるが、大抵は「春潮48」など誌名も知らないような老婆たちだった。

「あの、アンケートを」

「保守についてのご感想を」

片っ端から声を掛けても、まるでこちらが透明人間のような扱いだ。ティッシュ配りの方が、まだ反応があるのではないか。

志賀の歳で若い娘に声を掛けるのは気恥ずかしいが、それでも羞恥心《しゅうちしん》に蓋《ふた》をして呼び止めようとする。しかし案の定、迷惑そうに顔を顰《しか》められて足早に去られてしまう。

かつて「週刊春潮《ゆ》」でも何度となく街頭アンケートを行ってきたがもっぱらバイト任せで、志賀自身が街往く人に問い掛けたことは一度もなかった。こうして立ってみると、彼らがいかに長時間を費やして街の声を拾ってきたかが実感できる。テレビに映し出されるインタビュー同様、とんでもなく無駄な労力の上に記事が成立している。

無視され続けて三十分、そろそろ疲労を覚えてきた志賀は今まで口にしなかった口上を試みた。

「『春潮48』についてのアンケートです。あなたの意見をお聞かせください」

しばらくは何の反応もなかったが、ふと志賀の眼前で足を止める者がいた。まだ二十代と思《おぼ》しきサラリーマン風の男で、耳に挿していたイヤフォンをわざわざ外して近づいてきた。

「え、何。例の『春潮48』についてですか」

「はい。アンケート調査にご協力ください。本誌の保守言論は是であるか非であるか」

志賀が差し出したアンケート用紙を一瞥《いちべつ》すると、彼は好奇に目を輝かせていた。

「今、本誌って言ったよね。おじさん『春潮48』の編集者なの」

「そうです」

返事を聞くや否や、彼は目の色を変えた。

「へえ。俺、一度あの雑誌を作った人たちの顔を拝みたかったんですよ。いったい、どんな人でなしたちなんだと思って」

途端に嫌な予感が襲ってきた。

「LGBTの人たちは生産性がないとか、それを擁護する論文もひどかったけど」

「いや、あれを書いたのは国会議員と評論家の先生で、我々はただそれを掲載しただけで」

「掲載したってことは、論文の中身をチェックした上で通したってことだろ。だったら、あんたたちも同じ偏見を持っているってことじゃん」

記事の内容が偏見に満ちていると言われれば、志賀も同じ意見なので否定ができない。こういう場合は論点を相対化して逃げるしかない。

「世の中には色んな意見があって、雑誌というのはどんな意見でも公平に扱うんです。表現の自由というのは、そういう意味です」

「そんな幼稚な理屈が通ると本気で思ってるの」

彼はまた一つ嘲笑《ちょうしょう》するネタを仕入れたとばかりに、声を弾ませる。

「表現の自由と差別は全然別個の問題じゃん。それくらい俺だって分かるよ。だから『春潮48』がネトウヨ雑誌って呼ばれているんだぜ」

「いや、記事の全部が右がかっている訳じゃないんです。掲載記事の中には穏当な内容もあって」

「党の機関紙じゃあるまいし、柔らかい読み物やエッセイっつーの？　そんなのが混じってるの当たり前じゃん。そーゆー当たり前を言い訳にするのを子供騙《だま》しって言うんだよ」

正論なので、これも言い返せない。

「ホント感心するよな。いくら本が売れないからって、こんだけ堂々とヘイトの記事載せるなんて。春潮社って日本を代表する老舗《しにせ》の大手出版社なんだろ。恥を知れってんだ」

見ればまだ幼さが残る顔だ。喋っている内容もまた幼い。しかし「春潮48」が掲載した記事の内容は彼よりも更に幼稚なので、抗弁のしようもない。

元より志賀は自分が差別主義者でもなければＬＧＢＴに偏見を持ってもいないと自負し

ている。従って彼の非難は的外れだと思っていたが、蔑まれ続けていると、何やら己も差別主義者であるかのような錯覚に陥る。

「あのさあ、マイノリティの人権を侵害してまで本を売りたいの。自分の良心とか世間体とかを売り渡してでも、雑誌を売りたいの。あんたたち、どんだけ社畜なんだよ。小指の先ほどのプライドもないのかよ」

彼は渡されていたアンケート用紙を真っ二つに破り裂いた。

「これがアンケートの答え。保守言論がどうかだって。笑わせんなよ。あんなのが言論だって頭湧《わ》いてんじゃないの。あんなのただのヘイトスピーチの垂れ流しじゃん」

彼の声が大きくなり、往来で足を止める者が出始めた。中にはスマートフォンを取り出してこちらにレンズを向ける者もいる。

「出版って文化事業だよね。だけどあんたたちの出版って文化でも何でもなくて、ただのレイシズムだよね。およそ人として一番卑怯《ひきよう》で思いやりの欠片《かけら》もない行為だよね。そんなのにアンケート結果でお墨付きをもらおうとしてるのかよ。卑怯の上に姑息《こそく》だなんて、もうどうしようもないなあ。そんなんで、よく人前に出てこられるもんだ。俺なら引き籠もるか、いっそ自殺するわ」

彼は言いたいだけ言うと、もう用済みだというようにその場を立ち去っていった。少し考えてから、自分が体のいい憂さ晴らしに使われただけだと気がついた。

まるでサンドバッグだと思った。

きっと呆然としていたのだろう。志賀の前を通り過ぎたＯＬ風の女はくすくすと嗤っていた。

一方的な罵倒だったが、それでも貴重な意見には違いない——志賀は気を取り直して、再び通行人に声を掛ける。このまますごすごと引き下がったら、それこそ負け犬だ。楢崎から面罵《めんば》されても文句が言えなくなってしまう。

「『春潮48』の保守言論について、ご意見を集めています」

「あなたの意見をお聞かせください」

駅前に立ち続けて既に一時間以上が経過しようとしていた。ラッシュ時間が到来し、往来は賑《にぎ》やかになってきた。人の波はいよいよ激しくなり、志賀の姿と声は雑踏で掻《か》き消されていく。

「あんた、『春潮48』の関係者か」

久しぶりに反応を示したのは、志賀よりも年嵩《としかさ》の中年男だった。

「アンケート調査にご協力を」

「待てよ。その前に聞いておきたい。あんたは『春潮48』の関係者で間違いないのか」

経緯はどうあれ、転属の辞令を受けているからには編集部員であることに間違いはない。

志賀は無言で頷いた。

「『春潮48』、話題だったから読ませてもらった」

「ありがとうございます」

「すごい売れ行きだな。大きな書店に行ったが、わたしが手に入れたのは最後の一冊だった。あのテの雑誌が完売するなんて滅多にないそうじゃないか」

「恐縮です」

「さぞかし書店もほくほくしているんだろうと思った。しかしな、わたしに最後の一冊だと教えてくれた書店員は、その一冊を返品するつもりだったらしい。完売しても追加注文する気はないと言っていた。だけどお客さまがお買い求めになるなら売らない訳にはいかないと話してくれた。内容を知らなかったから搬入してしまったが、知っていたら絶対に棚に並べなかったと」

男の口調は淡々としていた。感情の起伏が聞き取れない分、言葉が容赦なく胸に刺さる。

「本を売るのが商売だから仕方なく置いているけど、本当はこんな本なんか売りたくないと言っていた。書店員失格かもしれないけど、その前に人間失格になりたくないとも言っていた。あんたたちの出版した本は、そういう本だ」

志賀は転属したばかりだから、「春潮48」に愛着もなければ拘泥《こうでい》もない。だが同じ春潮社から発行されている書籍がまるで有害物質や汚物のように疎《うと》まれている現実はいささか辛《つら》かった。

識者や良識に嫌われる本というのは往々に存在する。大衆の思い込みと偽善を破壊するために刊行される書籍だ。志賀が春潮社に入社した頃には、そうした動機で出版された書籍が珍しくなかった。

だがそれらの志ある書籍と「春潮48」を同列に語るのは間違いだ。一方は反骨精神に満ちた蛮勇の書で、もう一方は売らんかなに満ちた偏見と迫害の書だ。二つの違いは編集者よりも書店員の扱いで明白であり、書店員に忌み嫌われるような本が真っ当な書籍であるはずもない。

ただヘイト本の悪口なら聞き飽きた——そう思い始めた頃、男の口調が変わった。

「わたしには息子がいた」

ひどく湿り気を帯びた声だった。

「いたって。過去形ですか」

「あんたたちの大嫌いなLGBTのGだ。本人はずいぶん昔から悩んでいたようだが、わたしはそれに気づいてやれなかった。我が子がゲイだという事実に慌てふためいて、折角告白してくれたというのに無知だったわたしは息子を性的倒錯者だと罵った。翌日、息子は家を出ていってしまった」

今までと異なり、男の声には感情が籠もる。無念さと憤りが綯《な》い交《ま》ぜになった響きだった。

「ケータイの番号を変えたらしく、もう連絡がつかなくなった。息子がいなくなって後悔した。なんて馬鹿な父親なんだってね。差別される側に立たされて心細くなって、やっとの思いで打ち明けた父親から変態扱いされたんだ。家を飛び出したくなるのも当然だ。わたしは差別される人間に向かって石を投げた、人でなしだった」

差別される人間。

雑誌への悪罵など比べものにならないほど胸に突き刺さる。加害者家族である自分が、まさにそうではないか。

「助けを求めても誰も助けてくれない。同じ悩みを持つ者がどこにいるのかも分からない。以前の知り合いが、これから出会う知り合いが自分の素性を知ったら同じように相手をしてくれるだろうか。謂《いわ》れのない差別に苦しんでいる者は、いつでも恐れている。平穏な時を過ごしていても、ふとした瞬間に思い出してまた不安になる。あんたたちの出したのは、そういうか弱き者を嘲笑し、いたぶる本だ」

男の訴えには一理も二理もある。当該雑誌の出版に関《かか》わった者でなくとも、自然に頭が下がった。

「平気でヘイトスピーチを口にするような恥知らずの議員は次の選挙で落としてやればいい。文芸評論家を自称し、あれだけ長文の雑言を書き殴りながら真意が伝わっていないなんてほざく文盲は干してやればいい。それならあんたたちの雑誌はどう責任を取る」

男はこちらに詰め寄る。志賀は逆らう術もなく後ずさるしかない。

「いっそ廃刊してくれ。それがあんたたちに示せる、たった一つの良心だ」

男は言い終わると、ひどく疲れたように肩を落とす。

「……本当に、頼む。あんたたちは良かれと思っているかもしれんが、あの雑誌で傷ついた人間が山ほどいる。本人にはどうしようもできないことを責め立てないでくれ。あんたたちがどんなに偉い人間かは知らないが、苦しんでいる者を更に追い詰める権利なんてないだろう」

捨て台詞を突き立てて、男はふらふらと雑踏の中に消えていった。

二人のやり取りを聞いていた何人かの通行人が志賀を撮っていたが、いちいち構う気にもなれなかった。


苦労して集めたアンケート用紙を携えて帰社した時には午後十一時を過ぎていた。榴崎が慢性の人手不足と言ったのも満更嘘《うそ》ではないらしく、編集部にはまだまだ人が残っていた。

「お疲れさま」

榴崎は受け取ったアンケート用紙の枚数を数えると鼻を鳴らした。

「六時間近く立って、たったの五枚か。コストパフォーマンスが悪いな」

弁解はできないし、したくもない。次に浴びせられる罵倒を待ち構えていると、榴崎は矛先を変えてきた。

「まあ、慣れない仕事では本領を発揮できないかもしれません。そんな志賀さんにうってつけの仕事があります」

そう言ってICレコーダーを突き出した。

「文字起こしをお願いします。これなら得意でしょ」

手が自動的にICレコーダーを受け取った。

「これは何ですか」

「山吹《やまぶき》先生のインタビューなんだけど、文字量が多いのでライターに執筆を依頼していたんですよ。ところがそのライター、締め切り間際に失踪《しっそう》しちゃってね。今日中に文字起こしして原稿を書き上げなきゃいけない」

山吹というのは業界内では有名な保守派の評論家だ。温和な顔立ちをしているのに、新人編集者イジメが趣味という性格破綻者だった。

「原稿は何枚ですか」

「十五枚」

志賀は思わず呻《うめ》き声を上げる。四百字詰めの原稿用紙で十五枚。記事を書き慣れた者ならものの三、四時間で脱稿するだろうが、元データとなるインタビュー内容を文字起こしするのには執筆以上の手間暇をくう。

文字起こしは素起こし・ケバ取り・整文の三段階の手順を踏む。まず間投詞や癖となっている言葉までそのまま文字に起こす。次に読むのに邪魔な言葉を削る。そして最後に書き言葉に整える。つまり原稿にするまでに推敲《すいこう》を二回繰り返すことになるので、どうしても時間がかかる。自分が着手しても朝までに終わるかどうか。

「朝イチで入稿しなきゃならない。もちろん原稿が出来次第、山吹先生にチェックしてもらわなきゃならない」

デッドライン当日の入稿作業。スクープが身上の「週刊春潮」では珍しくもなかったが、録音内容が不明なので安請け合いも憚られる。

「もう後がありません」

楢崎は問答無用とばかりに言い放つ。後がないのは入稿のことなのか、それとも志賀のことなのか。いずれにしても拒絶のできない空気だった。

「……何とかします」

「さすが元副編集長。それじゃあよろしく」

ひらひらと片手を振る楢崎に背を向け、志賀は自分のデスクへと戻る。私物を詰め込んだ段ボール箱は未《ま》だ片付いていない。箱を床に置いてから、デスクの上にパソコンを広げる。ICレコーダーにヘッドフォンのジャックを繋《つな》いで再生ボタンを押す。

『まあね、僕が千田《せんだ》くんの著作を激賞をね、する意味はね。彼の思想が古き佳き日本の心というかね、精神的支柱とも言うべきものに則《のっと》っているからに他ならないだけでなく……ごほっ、うんっ。古くて新しい概念を常に提示し続けていることにね、あるんであってね。彼の著作は発表される度に物議を醸す訳だけど、それだって物議を醸し、醸す価値があるから醸すんであって、巷間《こうかん》言うところの悪名は無名に勝るというね』

山吹の声は高齢ということも手伝って、ところどころ滑舌が悪くて聴き取りにくい。ヘッドフォンで雑音を遮っても、何度か巻き戻しが必要と思えた。データを確認すると収録時間は八十四分。これを整文した上で原稿用紙十五枚に纏《まと》めなければならない。

絶望と切迫感を道連れに、志賀は山吹のしわがれた声をキーで文字変換していく。

## 4

予想通り夜を徹しての原稿執筆となり、志賀が脱稿したのは翌朝の六時過ぎだった。データ化したものを急いで山吹のパソコンに送る。後は山吹が全文をチェックし、問題なければそのまま入稿となる。

山吹にデータを送った旨を電話で知らせたい衝動に駆られるが、志賀は彼の番号を知らない。その上、肝心の楢崎は仮眠室で眠っている最中だ。

自分も小休止を取らせてもらおう。そう思って自分のデスクに突っ伏すと、たちまち睡魔が襲ってきた。昨夜の疲労も重なり、何の抵抗もできず志賀は深い眠りに落ちる。

「起きてください、志賀さん」

激しく肩を揺さぶられて無理やり起こされた。目を開けると、楢崎が険しい顔で立っていた。壁時計を見ると、山吹にデータを送信してからまだ三時間しか経過していない。

「つい今しがた、山吹先生から五十カ所に及ぶ修正依頼が飛んできました」

「五十カ所」

「ええ、もうボロクソでしたよ。文字起こししたのはどこの新人だって、それはもうえらい剣幕で」

疲労で集中力が持続しなかったせいもあるが、それ以上に山吹の声が聴き取りにくかった。

「まあ、あの人には山吹係という文字起こしの専属がいるくらいだから良しとしましょう。しかし、それよりも大きな別の問題が起きています」

「入稿より大きな問題なんて」

最後まで聞くのを待たず、楢崎は編集部内を指し示す。

卓上の電話が全て塞がっていた。

早出で出勤した者が対応しているが到底手が足らず、中には二本の受話器を両手に握っている者さえいる。呼び出し音と編集部員の声が飛び交い、まるで鉄火場のような様相を呈している。

「何が起きているんですか」

言っている傍《そば》から志賀のデスクで電話が鳴り出した。

「自分で確かめてみればいい」

楢崎の言葉に従い、受話器を取る。聞こえてきたのは中年と思しき女の声だ。

「はい、『春潮48』編集部です」

『やっと繋がった。ねえ、おたくの雑誌、いったいどういうつもりなの。あんな差別記事載せるだけじゃ飽き足らなくて、犯罪者の親を迎え入れるだなんて』

すぐに自分のことだと察しがついた。

『差別容認の上に犯罪容認って訳？　それでも天下の春潮社なの。恥を知りなさい、恥を。

今まで春潮文庫を贔屓《ひいき》にしていたけど、もう買わないわ。大体、犯罪者を育てた父親なのよ。それを不特定多数が目にする雑誌の編集部に入れるなんて。春潮社も地に堕《お》ちたものよね。あたしが学生の頃は春潮社なんて一番の人気企業で、高嶺《たかね》の花だったのに。それが今では犯罪者の親と差別主義者を飼っている最低の出版社に成り下がっちゃった。あの頃のあたしに言い聞かせたいくらいよ。あなたが憧《あこが》れている春潮社は、直に日本で一番堕落した出版社になるって』

途切れることのない悪罵に言葉を差し挟む余地もなかった。

『あたし、これでもAmazonでは名の知れたレヴュワーなのよ。「春潮48」は犯罪雑誌だって拡散してやるから、そのつもりでいてくださいね』

「いや、あの」

『今更謝罪しても遅いから』

電話は一方的に切れてしまった。

半ば呆然としていると、休む間もなく次のコールが鳴った。

「はい、『春潮48』編集部」

『こらあっ、貴様たちはどんな了見をしとるんだああっ』

野卑な声の主は老人だった。

「あの、どちら様でしょうか」

『わしはかつて「春潮48」の愛読者だった者だが、どこの誰かなどどうでもよろしいっ。

いったい手前《てめえ》らの体たらくは何事だあっ』

電話の向こう側から唾が飛んできそうな勢いだった。

『保守的な記事は悪くない。最近の風潮に逆らい、日本のあるべき姿を取り戻さんとするその意気やよし。しかし人殺しの父親を編集部に迎えるというのはけしからん。保守系論壇誌の名が泣くぞ。いいか、即刻、そこの志賀とかいう編集者をクビにしろ』

まさか本人だと名乗る訳にもいかず、返す言葉を探しているうちに、これも一方的に切れた。

「志賀さんが寝ている時から電話が鳴りっ放しだったんです。っていうか、よくこんな状況の中で居眠りできますね」

「どうして、わたしの異動が公になっているんですか」

春潮社が公表でもしたのかと疑ったが、少し考えて有り得ない話だと思い直す。

「撮影された憶《おぼ》え、ありませんか」

「え」

「JR新橋駅前で行ったアンケート調査。その場面を撮った動画がネット上で拡散されています」

指摘されて思い出した。通行人の何人かとやり取りしている際、野次馬たちが携帯端末を向けていたではないか。

「〈志賀容疑者の父親〉、〈春潮48〉でハッシュタグがつけられている。検索すれば山ほど出てくる」

慌てて自分のスマートフォンを開き、〈志賀容疑者　父親〉のワードで検索してみる。

楢崎の言った通りだった。

志賀と若いサラリーマン、そして中年男とのやり取りがほぼノーカットでアップされている。相手の声が大きいので台詞の端々まで鮮明に聞こえる。

視聴した者たちの反響は凄《すさ》まじかった。

『父親って「週刊春潮」の副編集長だったんだよな。それが今度は「春潮48」とかって』

『春潮社としてはゴミ箱にゴミを捨てたってところだよね』

『これ、アンケート調査だよな。音声聞く限り「春潮48」の存在意義をどうのこうの言ってるみたいだけど』

『あんなクソヘイト雑誌、存在意義なんかあるワケねー』

『クソな雑誌にはクソな人材が集まるという法則』

『父親も出版社も早く潰れろ』

『人殺しの父親が春潮社にいるのを隠そうとしてるの必死すぎ』

『ヘイト雑誌に放《ほう》り込めば目立たないと思ったんだろうなあ……』

『子供が殺人犯って理由じゃ解雇できないんだよ。逆に訴えられるし』

『毒を以《もっ》て毒を制す』

『いやいやいや、毒素が二倍になるだけだからｗｗｗｗｗ』

読むほどに気分が悪くなるが目を離せない。胸底に黒い澱が下りてくるのが分かる。

「せめて野次馬のスマホには警戒するべきだった。志賀さんの不注意のお蔭《かげ》で、しばらく編集部は業務に支障が出る。本日が入稿日だというのにえらい災厄を運んできてくれたものだ」

楢崎は捨て台詞を残し、自分のデスクで鳴っている電話に近づいていく。

一人放置されたかたちの志賀はいったんスマートフォンを閉じ、眼前で鳴り続く電話を眺めるだけだった。

徹夜明けで取りあえず入稿が済んだにも拘らず、志賀は編集部に拘束され続けた。鳴り止《や》むことのない抗議電話で編集部内は騒然とした空気が続いた。昼過ぎになっても電話が鳴り続けたため、楢崎は一回線だけ残して、他の受話器は上げっ放しにするよう指示を出した。

「ようやく落ち着いたな」

呼び出し音が単発になると、編集部内にはわずかながら平穏が戻ってきた。引き続き電話対応をしている編集部員だけは険しい表情のままだが、クレーム対応は三十分ずつの交代制なのでまだ疲弊度合いが少なくて済む。

「誹謗《ひぼう》中傷の類《たぐい》は気にするな。どうせ長続きしない。他の事件が起きれば野次馬たちの興味もそっちに移る。大衆なんてそんなものだ」

いささか性格に難があるが、編集長の肩書は伊達《だて》ではない。榴崎の指示は的確で、しかも正鵠《せいこく》を射ている。

「気負わず怯《ひる》まず、『春潮48』編集部は従来の編集方針を継続していく。皆には雑音に囚《とら》われることなく編集に従事してほしい。思想信条は方針に非《あら》ず。単なる商品だ」

思想信条を単なる商品と断言する辺りは却《かえ》って天晴《あっぱれ》と評価するべきだろう。これくらいの確信犯でなければ非難囂囂《ごうごう》の雑誌を編集するなど、どだい不可能だ。

「志賀さん」

全員に檄《げき》を飛ばした後、榴崎は志賀に近づいてきた。

「あなたは当分、外に出るな。出れば今回のように災厄しかもたらさない。ほとぼりが冷めるまでデスクワークに徹した方が無難だ」

言い方は優しかったが、真意は窓際業務に追いやるという趣旨だった。

ネットでの攻撃で疲弊しきっていた志賀は抗弁の一つも思いつかなかった。

心身ともに疲れ果てて、志賀は家路を急ぐ。俯き加減で歩くのは、道往く人に顔を見られたくないからだ。

ネットに溢《あふ》れる意見の多くが負の感情から生まれているのは、とうに承知していた。しかし、そうした悪意が自分に向けられるまでは実感が湧かなかった。

志賀に対して放たれた悪意の矢は、そのほとんどが正義感に名を借りた憂さ晴らしに過ぎない。平穏な一家の幸せを奪った殺人犯の親。法律で裁けない悪なら道義的に裁いてやろうとでも言うつもりなのか。正義を謳いながら、その実池に落ちた犬に石を投げるような残酷さと喜悦を本人たちは自覚しているのだろうか。

重い足を引き摺って、ようやく我が家に到着する。一階エントランスに入り、集合ポストを開けた途端、あっと短く叫んだ。

ポストは郵送物で溢れんばかりだった。チラシ類を除いても、かなりの封書が投函《とうかん》されている。念のために宛名《あてな》を確認するが、間違いなく志賀の名前が記されている。ただし差出人はどれも不明だ。

全身の肌が粟立《あわだ》つ思いだった。

差出人不明の手紙なら「週刊春潮」にいた頃から嫌というほど受け取っている。抗議か誹謗中傷もしくは嫌がらせとみて間違いない。どうせ健輔の取った行動に親として責任を果たせとかいう内容だろう。

今はとにかく胸騒ぎがする。矢も楯《たて》も堪《たま》らずエレベーターホールに向かう。だが、こんな時に限ってエレベーターは最上階に停まっていて、なかなか一階まで下りてこない。

焦燥を抑えてエレベーターを待ち、１００６号室に向かう。

「ただいま」

ドアを開けた瞬間に呼びかける。電気は点いているものの、返事はない。

玄関には見慣れたスーパーの袋が置いてある。ネギが隙間からはみ出て折れている。鞠子は買い物から帰って、またすぐに外出したのだろうか。

「鞠子」

やはり返事はない。買い忘れを思い出してスーパーにとって返したのかもしれない。

饐《す》えた臭いがする。生鮮食品が腐りかけたような臭いだ。スーパーの袋から発しているのかと鼻を近づけてみたが、どうやら違うようだ。

廊下を進んで分かった。臭いは家全体に蔓延《まんえん》している荒廃の臭いだった。

リビングで鞠子の姿を見つけた。鞠子は隅に腰を落とし、自分の肩を抱いて小さくなっていた。

「何してるんだ」

志賀が近づいても鞠子はぴくりとも動かない。肩を揺さぶられると、初めて顔を上げた。

「お父さん」

「どうかしたのか」

鞠子は返事をする代わりに、テーブルの方を指差した。

テーブルには鞠子のワンピースが置かれている。取り上げてみると、腰の辺りが横に裂けていた。

明らかに刃物で切られた痕《あと》だった。

「買い物から帰る途中で襲われた」

「何だって」

「あの、星野奈々美って子。カッターナイフだったと思う。ワンピースを切ってから、すぐに逃げていった」

「警察には届けたのか」

「届けたけど、相手の人相を訊《き》かれて答えられなかった」

「どうして。相手があの娘だと分かってたんだろ」

「どうしてかは分からない」

鞠子はいやいやをするように首を横に振る。

贖罪《しょくざい》意識なのだろうかと勘繰った。健輔があの娘から両親を奪った。その引け目から彼女を告発できなかったのではないか。

「もう、外に出るの嫌」

鞠子は独り言のように呟いた。

「家の中に引き籠もるっていうのか」

「三度三度の食事は宅配で何とかなる。生活用品は通販で買えばいい」

「そんな生活を毎日続けるつもりか。無理だ」

「無理でも続けるの。噂が消えて、誰も健輔の話をしなくなるまで」

「その他大勢が事件を忘れても、あの娘は生涯忘れないぞ。一生、あの娘の影に怯《おび》えて家から出ないつもりか」

「あなたはいいわよ。日中は編集部の中にいて安全が確保されているんだから」

「中にいても悪意は襲ってくる。今日なんかずっと電話が鳴っていた。しかもそれだけじゃない」

志賀は自分のスマートフォンを取り出し、閲覧していた動画を鞠子の眼前に晒《さら》した。矢庭に鞠子の目が大きく見開かれる。

「何……これ」

「見ての通りだ。新橋駅前でアンケート調査をしていたら、通行人に絡まれた。野次馬が盗み撮りしたのを、誰かが俺だと特定して拡散させたらしい」

「こんなのって。しばらくどころか、もう街中を歩けないじゃない」

「顔を拡散されたのは俺だ。それでも引き籠もりなんてできない。仕事があるから毎日外へ出なきゃならない。俺の身になって考えたことがあるか」

「一緒にしないでよ」

鞠子は志賀が伸ばした手を邪険に振り払った。

「あなただって、わたしの身になって考えたことなんて一度もないくせに」

「何だと」

疲労が理性を駆逐していた。

脳の命令もなく手が上がる。

自分の行為に気づいたのは、鞠子に平手をくらわせた後だった。

すぐに謝ろうとしたが、鞠子の恨めしげな目を見て言葉が出なかった。

「お願い」

腹の底から絞り出すような声だった。

「どこかに引っ越して。この家はもう知られている。ポストに変な手紙がいっぱいあったでしょ」

「見たのか」

「手紙だけならまだいい。そのうち、きっとオートロックを掻い潜《くぐ》って部屋の前までやってくる。あの奈々美という子がわたしたちをつけ狙ってくる」

「突拍子もないことを言うな。まだローンが残ってるんだぞ」

「二重ローンになったっていい。ここじゃあ安心して暮らせない」

「ほとぼりが冷めるまで待っていればいい」

「その他大勢が忘れても、あの娘は忘れない。さっき、そう言ったじゃないの」

「うるさいっ」

再び手が上がる。鞠子はひっと短く叫んで身を縮めた。

途端に、自分がひどく矮小《わいしょう》な生き物のように思えてきた。

惨めだった。通行人に絡まれても反論の一つも言えず、楢崎から蔑まれて頭《こうべ》を垂れていた男が、女房相手に手を上げている。これでは腹いせに見ず知らずの他人を貶めている人間たちと一緒ではないか。

「……飯は食べてきたからいい。風呂《ふろ》に入ってくる」

鞠子は、また返事をしなくなった。

翌朝、志賀が目覚めた時、家の中に鞠子の姿はなかった。

# 第三章　夜半

## 1

共働きだった頃《ころ》、鞠子が先に家を出ることが度々あった。お互い入稿の時期には会社に泊りがけの日も珍しくないので、志賀は目覚めた時に鞠子の姿がないのにも違和感を覚えなかった。

鞠子がとっくに出版社を辞めたのを思い出してから急に慌てた。テーブルの上の置手紙に気づいたのは、その直後だった。

『しばらく家を出ます』

寝室に取って返し、スマートフォンで鞠子の携帯番号を呼び出してみる。コール音は鳴るものの、鞠子は一向に出ない。そのうち留守番電話に切り替わった。

「どういうことだ。折り返し連絡しろ」

いったん声を吹き込んでから考え直した。

「……連絡ください」

きっと手が離せないのだろうと自分に言い聞かせて高を括《くく》っていたのだが、どれだけ待っても返信がない。試しに同じ内容でメッセージを発信してみたが、これには既読もつかなかった。

そろそろ出勤時間が迫ってきた。朝食も摂らず、着替えだけ済ませて家を出る。通勤途中の電車の中でもすぐ対応できるよう、スマートフォンはずっと握っていた。

不意に髭《ひげ》が伸びたままであるのに気づいた。慌てて支度をしたので、すっかり忘れていたのだ。

羞恥《しゅうち》と惨めさが同時にやってきた。周囲の視線が自分に集中しているようで居たたまれない。

春潮社に到着してもスマートフォンは沈黙したままだった。仕方がないのでそのまま編集部に入っていく。

「おはようございます」

まだ覚醒《かくせい》しきらぬ虚《うつ》ろな空気が、志賀の登場で一変した。部屋にいた者は不可触賤民《せんみん》が現れたようにさっと視線を逸《そ》らせる。決して志賀の気のせいなどではなく、それまで雑談に興じていた者たちは、そそくさと自分の席へと戻っていく。

ただ一人、楢崎だけがこちらを見ていた。

「おはようございます」

朝一番の言葉としては険のある低い声だった。

「志賀さん、ちょっと」

くいくいと指を曲げて近くに来いと誘う。手前《てめえ》の飼い犬ではないとむかついたが、とてもこの場で抗議できる空気ではない。

「あなたの仕事です」

そう言うなり、楢崎はデスクの抽斗《ひきだし》から数個のＩＣレコーダーを取り出した。

「全部で五人分のインタビューが収録されています。早急に文字起こししてください」

「いつまでですか」

「今日中に」

「……トータルの収録時間はどれだけなんですか」

「正確に計ってはいませんが、一人二時間程度でしょうかね」

計算してざっと十時間。とても本日中に終わるような作業ではない。

「時間が足りません」

「足らない時間なら捻《ひね》り出す。編集の基本でしょうが。何年この仕事やってるんですか」

異議は一切認めないという口調だった。楢崎の口調だけではない。部屋の中に蔓延《まんえん》する空気が圧力となって志賀の肩に伸《の》し掛かっている。逆らうことは許されず、志賀はＩＣレコーダーの束を受け取るしかなかった。

すごすごと自分の席に戻り、パソコンを開く。ヘッドフォンの端子をＩＣレコーダーに繋《つな》ぎ、再生を始める。

密閉された空間の中で唐突に女の声が始まる。外国人から暴行を受けたと訴えている女のインタビューだった。インタビュワーは暴行の被害状況について事細かに質問している。どこをどう触られたのか。挿入はあったのかなかったのか。インタビューの目的は外国人による犯罪の悪辣《あくらつ》さを際立たせることなのだろうが、それにしても下世話に過ぎると思った。被害女性のプライバシーに抵触するどころか読者の劣情を誘っているような内容で、聞いていて嫌悪感が募ってくる。

しかし一方で、外界と隔絶した中で作業を進めるのは気楽でもある。どうせ昨日と同様、編集部にはまた抗議電話が掛かってきて日常業務どころではなくなる。そうでなくても編集部員の志賀に対する風当たりは強く、そして冷たい。

他人が取材したインタビューの文字起こしなど屈辱的な仕事だと憤ったが、穿《うが》った見方をすれば他の編集部員と接触させまいとする楢崎の親切心かもしれないではないか。そうとでも考えなければ自分が惨め過ぎてやっていられない。

『さて、今お訊《き》きした経緯であなたは中国人に暴行された訳ですが、仮に警察が動いて立件されたとしても、被害者であるあなたにも落ち度があったのではないかという意見が必ず出てきます。それについては、どう反論しますか』

『露出の多い服を着ていたら誘っているだろうとか、わざわざ暗いところを選んで歩くのはどこかで期待しているんだろうとか、はっきり言って男の勝手な理屈です』

『ははあ、加害者の一方的な言い分だというんですね』

『泥棒にも三分の理とか言うじゃないですか。あんなのただの自己弁護です。男なんて特にそうで、自分がいつ加害者になるか分からないんで予防線を張ってるだけです』

『手厳しいですね』

『他人に危害を加える人間の動機なんて知ろうとは思わないし、知ってもキショいだけです』

文字に変換してキーを叩《たた》いているうち、〈動機〉という単語が引っ掛かった。

動機。

健輔が星野夫婦を殺した動機とは何だったのだろうか。大学講師に横恋慕し、ストーカー行為の挙句に彼女の夫を巻き添えにして無理心中を図った。確かにあの宮藤という刑事からはそう告げられた。

だが、それはあくまでも推測の域を出ない。宮藤は健輔の携帯端末に残っていた大学講師の写真が何よりの証拠と断言したが、本人から直接訊き出さない限り、真実かどうか分かりはしない。

離れて暮らしていたので疎遠気味にはなっていたが、それでも自分の息子が人妻に懸想して無理心中を図るような短絡的な人間だったとは到底信じられない。星野夫婦を殺害した犯人であるのは間違いないにせよ、何か別の理由があるはずだった。いや、あったと思いたい。

事件が報道されてからというもの、時折健輔のことを考えるようになった。いったい自分は息子の何を知っていたのか。何を知ろうとしていなかったのか。父親として行き届かないところがあったのか、あったのならそれは何だったのか。

日がな一日考えているような余裕があれば父親らしいのだろうが、転属やマスコミからの取材攻勢が重なり、じっくり思い出に耽《ふけ》る間もなかった。しかし健輔には申し訳ないが、志賀にとって好都合だった。己を責める時間が短くて済むからだ。

意に沿わぬ仕事を押し付けられ、世間からは毎日のように糾弾されている。この上に自責の念に駆られたら、精神の平衡を保つ自信がない。

それだけではない。今は鞠子の家出という問題も発生している。何から手を付けていいのかも分からず、こうした単純作業で時間と意識をやり過ごしている。

昼食を摂ってからトイレの個室に入り、スマートフォンを確認してみる。やはり鞠子はメッセージを読んでいなかった。志賀は懲りもせず先方を呼び出す。

一回、二回、三回。コール音が空《むな》しく続き、鞠子は一向に出る気配がない。また留守番電話に切り替わったので、伝言を吹き込む。

「俺《おれ》だ。叩いたことは謝る。だから早く戻ってこい。健輔があんな風になって、家の中はメチャクチャになった。俺一人でも、お前一人でも解決できることじゃない。二人で解決するんだ。連絡を待ってる」

伝言を終えてから先ほどの内容を反芻《はんすう》する。

こちらの真意が伝わったか。必要以上に遜《へりくだ》っていないか。非難の矢面に立たされているのはむしろ志賀の方だから、土下座のような真似《まね》は必要ないと思っている。

一人息子は汚名を着たまま死んでしまい、妻とは半ば没交渉になっている。確かだと思っていた関係がこれほど脆《もろ》く胡乱《うろん》なものだったとは想像もしなかった。

そろそろ編集部に戻ろうとした時、トイレに男たちが入ってきた。話し声で「春潮48」編集部の人間と分かった。

「しっかし、よく堪《こら》えているよな、ウチの編集長」

「全く全く。志賀のオッサンのお蔭《かげ》で編集部は機能不全に陥っているってのに、必死に護《まも》ってるんだもんな」

「この間のLGBTの記事だけでもとんでもない抗議に晒《さら》されたってのに、今度は加害者家族の転属。内憂外患ってのは、こういうことなんだろうな」

まさか、楢崎が自分を護っているだと。

聞き流せなくなり、志賀は耳を澄ませる。いや、トイレの中は小声でも反響するので聞き耳を立てる必要などなかった。

「大体、文字起こしなんてインタビューしたヤツにやらせりゃいいじゃん。それを押しつけるようなふりして外敵に触れさすまいとしてるんだからな。俺みたいな古参の人間にはみえみえなんだよな」

「志賀さんを護って何か編集長にメリットでもあるんスか」

「あるから護ってるんだって。何のメリットもないのに、あの人が他人に手を差し伸べるような真似しないって」

「まあ……思想信条や友情さえ飯のタネと言っちゃえる人だからなあ」

「『春潮48』が休刊になる可能性を考えたことはあるか」

「毎日」

「俺たちが毎日考えているんなら、編集長なんて毎分考えているだろうな。休刊後、自分の受け皿がどこになるのかも」

「ああ、ゆくゆくは『週刊春潮』に拾ってもらおうって肚《はら》」

「少なくとも俺はそう見ている。痩《や》せても枯れても元副編集長だ。息子の件でほとぼりが冷めたら、志賀さんが『週刊春潮』に呼び戻される可能性は大。志賀さんに恩を売っておけば、自分もワンセットで異動させてもらえるだろ」

「……ありそうな話」

「目下ウチの編集長は転びっ放《ぱな》しだけど、転んでもタダじゃ起きないってことだよ」

「それにしても、あの元副編集長は使えないなあ」

「同感。名にし負う『週刊春潮』の副編ていう触れ込みだったから、どんな敏腕が来るんだよと半分期待してたんだけどな。蓋《ふた》を開けてみりゃ、とんだポンコツだ。山吹先生のインタビュー記事、五十カ所の訂正だってよ。バイトよりひでえでやんの」

「きっと原稿に赤入れるくらいしか能がなかったんだろうな」

「どこにでもいるよな。わたし管理職ならできますっていうポンコツ。現場じゃ機動力求められてるのに」

「お互い、ああはなりたくないよな」

二人は用を足すとトイレを出ていった。編集部に戻れば何事もなかったかのように仕事を続けるのだろう。

だが志賀の場合はそうはいかない。

あまりの怒りで呼吸が浅くなる。ただ楢崎と自分のやり取りを眺めているだけとは思わなかったが、まさかそんな風に見られていたとは。

本人がいない場所での悪口は大抵が本音だ。狭い編集部で二人が同意見なら、他の連中も概《おおむ》ね同じ意見とみて違いない。つまり編集部内で自分はポンコツ扱いされているのだ。

気がつくと指先がすっかり冷たくなっていた。スマートフォンをポケットに仕舞い込むと、志賀は外に人がいないのを確認しながら個室を出る。

脆《もろ》く胡乱《うろん》なものは家庭だけではなかった。職場における自分の評価も砂上の楼閣だった。自己評価と他人のそれとの落差には眩暈《めまい》を覚えるほどだった。

志賀倫成はポンコツ。

志賀倫成はポンコツ。

罵声《ばせい》が頭の中に木霊《こだま》する。一人息子を失い、社会的信用を失い、今は妻も失いかけている。この上、自負さえ奪おうというのか。

疑心暗鬼となった心の隙間《すきま》に、もう一人の自分が囁《ささや》きかけてきた。

鳥飼がお前を易々《やすやす》と手放した真意を考えたことがあるのか。鳥飼の政治力なら春潮社本体からの転属命令も覆せると疑わなかったのか。

鳥飼は最初からお前など必要としていなかったのだ。労務管理と赤入れしかできず、現場ではバイトにも劣るような人材を誰《だれ》が欲しいと考えるものか。転属の辞令が届いた時には、これで正々堂々と厄介払《やっかいばら》いができると小躍りしたに相違ない――。

妄想だと思っても、自己否定の声が後から後から湧《わ》き起こってくる。足元が覚束《おぼつか》なくなっているのが自分で分かる。

ほうほうの体《てい》で自分のデスクに辿《たど》り着き、周囲から声を掛けられる前にヘッドフォンを装着する。

ＩＣレコーダーから流れ出した声を無心に拾う。無心にならなければ部屋の中でみっともなく叫び出しそうだった。

結局この日も作業が終了したのは日付が変わってからだった。

「お疲れ様でした」

最後まで残っていた楢崎に挨拶《あいさつ》するが、相手は軽く片手を上げるだけだ。トイレで盗み聞いた内容が甦《よみがえ》り、志賀は文句も何も言えず編集部を後にする。

何とか終電に滑り込み、空いた席に腰を据える。午前一時過ぎの乗客は誰も彼も疲労を顔に刻んでいる。イヤフォンを耳に挿しているティーンエイジャーさえもどこか目は虚ろだ。

　だが、この車両の中で一番生気を失っているのはおそらく自分だろう。志賀には妙な自信があった。

　所在なくスマートフォンを取り出してメッセージを確認する。発信したメッセージは取りあえず既読になっているが、鞠子からの返信は一通もない。一瞬、この場で電話を掛けたくなったが、わずかに残っていた道徳心が押し留《とど》めてくれた。

　何もしないとわずかな道徳心さえ崩壊しそうだったので、ネットニュースで気を紛らわすことにした。

『トランプ大統領またまた暴言』

『徴用工判決を巡り日韓関係は最悪に』

『七十九歳運転のAT車、コンビニに突っ込み死者』

『結婚を諦《あきら》めた二十代　一人で生きていく方が楽』

『スポーツ界に吹き荒れるパワハラの嵐《あらし》　体育会系体質は前時代の遺物なのか』

『議員のSNSはなぜ炎上しやすいのか』

『「春潮48」論文執筆者は副業で生計を』

『ユーチューバーの年収　ピンキリ』

　いやしくもマスコミに身を置いている者なら反応しなければならない見出しなのだろうが、生憎《あいにく》今の志賀にそんな余裕はなかった。漫然と字面を目で追っているだけだ。

他人事《ひとごと》のように眺めていると、ネットに溢《あふ》れ返る情報の九割以上は不必要なものであるのが分かる。普通に仕事をし、普通に生活する限り芸能やスポーツは無関係だし、世界情勢や役人の不正が我が身に直結する訳でもない。皆、自分が知らないことを恐れている。自分以外の人間がより情報を握るのに慄《おのの》いている。「何だ、そんなことも知らないのか」と蔑《さげす》まれるのを極端に嫌っている。スマートフォンの普及は便利さに加えて、情報亡者の飢餓感を煽《あお》るという成果をもたらしたような気がする。

考えてみれば、個々の生活に一番無関係な情報を作り、流布《るふ》させているのは志賀本人ではないか。つまり不必要な情報を亡者どもに提供するために、こんな時間まで身を粉にして働いているという訳だ。馬鹿馬鹿しくて自然に自虐の笑いがこぼれる。
ところがずらりと並ぶ見出しの中で、たった一つだけ興味を惹《ひ》かれるものがあった。
『犯罪被害者と加害者の家族　過去から目を逸らさずに明日を生きる』

被害者遺族について書かれた記事は山のようにあるが、加害者家族についてのものはあまり読んだことがない。しかも加害者家族といえば今の志賀を指している。

見出しをタップすると次のような記事が現れた。
『ＮＰＯ法人〈葵《あおい》の会〉は犯罪被害者遺族のみならず、加害者家族の精神的ケアをサポートする、全国でも珍しい団体である。同団体には現在、二十家族が会員として登録されているが、その三割が加害者家族。

凶悪犯罪が報道されるたびに被害者遺族の苦しみがクローズアップされるが、実は加害者家族にも同様の災難が襲ってくる。心ない者からの中傷は想像を絶するほどで、中には登校拒否になる子供、一家離散となった家庭も少なくない。〈葵の会〉はこうした加害者家族の悲劇を少しでも緩和しようと会員の門戸を広げた。

代表の椎名《しいな》悦三《えつぞう》さんはネット社会の拡大とともにこうしたケアはますます必要になってきたと言う。

「インターネットのなかった時代は加害者家族に対する誹謗《ひぼう》中傷はとても限定的なものだったんです。それがネット社会になると加害者家族のプライバシーをあばくことが正義だという間違った風潮が広まってしまいました。残念ながらこの風潮が下火になることは望めないでしょうね」

会合は毎週日曜日に行われ、入会条件を特に設けていないのも門戸を広げるのに一役かっている。

〈葵の会〉台東区《たいとう》東上野《ひがしうえの》七丁目三四　03－6258－〇〇〇〇』

記事には代表者である椎名悦三の写真も掲載されている。お世辞にも愛想がいいとは言えず、むしろ逮捕された直後のヤクザのような風貌《ふうぼう》だ。

鞠子と連絡が取れたら、気晴らしに一度顔を出してみようと思った。肌に合わないと感じたらやめればいいだけの話だ。入会条件が緩やかなら、見学くらいは許してくれそうではないか。

ようやく鞠子からの便りが届いたのは二日後、土曜日のことだ。集合ポストに投函《とうかん》されていたのはA4サイズの大封筒で、その時点で嫌な予感がした。

弱り目に祟《たた》り目、不運が重なる時の嫌な予感は大抵的中する。大封筒の中に入っていたのは離婚届だった。ご丁寧に妻の氏名欄には既に鞠子の名前が記入されている。氏名欄の下に記されていた住所は栃木《とちぎ》にある鞠子の実家のものだった。志賀はすぐ鞠子の実家に電話を掛けた。

コール二回目で出たのは義母の久恵《ひさえ》だった。

『はい、渡辺《わたなべ》です』

「倫成です」

志賀が名乗った途端、電話の向こう側で緊張が走ったような気がした。

「鞠子、そっちにいますか。いますよね」

『いれば、どうだっていうんですか』

久恵の声は硬く、刺々《とげとげ》しい。鞠子から夫婦喧嘩《げんか》の話を聞き及んでいるとみて間違いなさそうだった。

「誤解があるんです」

『二十年以上も一緒に暮らしていて今更誤解ですか。もしもそうなら、そっちの方が問題あるんじゃないの』

「家族なら喧嘩だってします」

『女相手に手を上げるのは喧嘩じゃなくて暴力よ』

俄《にわか》に久恵の声が厳しくなる。

『健輔ちゃんがあんなことになって、しかも見も知らない連中からひどいこと言われたりされたりしてるんでしょ。おまけに誰かからナイフで切りつけられたそうじゃない。今は一番鞠子を護ってやらなきゃならないのに、叩くとは何事ですか』

「だから、それは誤解だと」

『あなたは誤解で女房を叩くんですか』

まるで取り付く島もない。久恵と話している限り進展は見込めそうになかった。

「鞠子と話をさせてください」

『話したくないと言ってるのよ。離婚届、そっちに行ってるでしょ』

「今日、届きました」

『それがあの子の気持ち』

「話さなけりゃ納得できませんよ。藪《やぶ》から棒に一方的にこんなものを送っておいて」

『あなたの暴力に対する返事がそれなのよ。ちっとも一方的じゃないと思うけど』

「家族なんです。話せばきっと」

『子は鎹《かすがい》って言うでしょ』

いきなり何を言い出した。

『健輔ちゃんがいなくなって鎹はなくなった。それで二人の間に愛情とか信頼とかがなければ一緒にいる必要も別にないわよね』

反論しようとしたが、言葉が出てこなかった。夫婦のことは夫婦にしか分からないが、一方で久恵の指摘が重く胸に伸し掛かる。第一、相手は妻の母親だから強い態度は示せず、反論の切っ先も鈍りがちになる。

「愛情も信頼もあります」

『相手を叩いておいて、よくそんなことが言えるものね』

堂々巡りだと思った。何をどう弁解しても、叩いた事実で封殺されてしまう。

しばらく沈黙が流れた後、不意に久恵の口調が変わった。

『あのね、倫成さん。あの子も健輔ちゃんがあんなことになって精神的にぎりぎりの状態なのよ』

「それは分かっています」

『ひょっとしたら離婚届も一時の気の迷いかもしれない。ウチに来た時もね、何か身体《からだ》の芯《しん》をなくしたみたいで受け答えも普通じゃなかったの』

つまり普通ではない状態で離婚届を送りつけたということか。

『まだ本人が落ち着いてないのよ。この先どうなるか分からないから、取りあえず離婚届はそのままにしておいた方がいいでしょうね。決して破棄はしないこと。もっとも倫成さんが離婚に同意するなら別だけど』

冷却期間を置けという忠告らしい。諸手《もろて》を挙げて賛成とはいかないが、それなら渋々ながら承諾できる。

「分かりました。少し待ってみます」

『少しじゃなくて、しばらくの間。それからこれは当然だけど、直接こっちに来て会おうとか思わないこと。あの子が嫌がっているし、無理に家に入ろうとしたら遠慮なく警察呼ぶから』

以前より何かと倫成には厳しい義母だったが、鞠子の出戻りを機により顕著になった感がある。今は逆らわない方が無難だろう。

「……よろしくお願いします」

我ながら不甲斐《ふがい》ないと思うものの、そう結ぶより仕方なかった。敗北感を存分に味わいながら通話を終える。

矢庭に脱力し、志賀はソファに横たわる。鞠子に続き渡辺の実家までが敵に回ったような気分だ。まるで自分には誰一人味方がいないようだ。

まだ片手はスマートフォンを握ったままだった。ブックマークの一覧を戯れにブックマークの一覧を眺めてい眺めていると、二日前に閲覧した〈葵の会〉の記事が目に入った。

幸か不幸か明日は何の予定もない。久恵にやり込められた情けなさを別の何かで払拭《ふっしょく》したい気持ちがあった。

長年東京に住んでいながら東上野を訪れるのは初めてだった。元浅草《もとあさくさ》に近いせいか、一般住宅と店舗に混じって中小の寺社が点在している。

スマートフォンのナビゲーションに従って歩いていると、やがて当該の場所に辿り着いた。区の公民館の一室を借りているらしく、催事の掲示板には「〈葵の会〉午後一時より」とある。現在時刻は午後十二時半。この時間であればNPOの職員が準備しているのではないか。

掲示板に指定されていた部屋に向かうと、果たして記事に紹介されていた人相の悪い男が会場を設営している最中だった。

「あの、すみません」

椎名はゆっくりとこちらに顔を向けた。掲載されていた写真よりはずいぶん穏やかな印象だった。

「ネットの記事を拝見してきました。見学はできますでしょうか」

「あなたのご家族は犯罪に関《かか》わったのですか。会の性格上、冷やかしとか野次馬根性で来られる方はお断りしているのですが」

「わたしの息子が人を殺《あや》めました」

少しくらいは驚くかと思ったが、椎名は至極当然のように笑いかけてきた。

「ああ、それなら歓迎しますよ」

「入会手続きとか取らなくてもいいんですか」

「どなたにも何の強制もしません。心の平安をもたらすのが会の趣旨ですからね」

「じゃあ、せめて設営を手伝わせてください」

「有難い。何しろ実質的な職員が五人ほどしかいないもので」

二人で机を移動させていると自然に会話が続く。

「自己紹介が遅れました。志賀といいます」

「椎名です。まあ、一応代表なんて偉そうな肩書ですが、要は世話役というか雑用係ですよ」

「ＮＰＯは非営利団体ですよね。犯罪被害者や加害者の家族をケアするのは大変じゃないんですか」

「大変、とは」

「興味本位のマスコミが取り上げるでしょうし、ケア自体も相当な手間がかかると想像します」

「もちろんカウンセラーの先生にもお願いしていますが、会の目的はとにかく各人が心の裡《うち》を吐露することです。車座になり、こんなことがあった、あんなことがあったと自分の好きなように報告していきます」

「話すだけですか」

「話すのが一番重要なんです。事件関係者の家族は近所にも親族にも、ましてやマスコミにも真情を打ち明けることができません。外に吐き出さないと、負の感情はどんどん蓄積していくんですよ」

腑《ふ》に落ちる話だった。志賀自身、誰にも話せないうちに健輔への思いが黒い澱《おり》のようになって胸底に溜《た》まっているような感覚がある。

「別に事件に関することでなくてもいいんです。昨夜の献立とか、どんな本を読んだとかの日常の話で構いません」

「それでケアになるんですか」

椎名の返事は意外なものだった。

「なるかどうかの保証はできません」

「そんな」

「我々は医療機関ではありませんから。カウンセラーが常駐していますが、あくまでもセミナーの最中に突発事があった際の予防に過ぎません」

「では、その……非常に緩やかな内容なんですね」

「医療行為には成果が期待されます。期待は性急さに繋がります。心を痛めた人に性急さを求めるのは酷というものです」

椎名の口調はまるで講話を口にする僧侶《そうりょ》のようだった。顔つきが厳《いか》ついために、落差が甚だしい。

「アルコール依存症の回復施設なら、ある程度の強制や性急さは必要なんです。あれは精神疾患であると同時に肉体疾患でもありますから、早急に依存体質から脱却させなくちゃいけない。しかし犯罪関係者の家族の心の病は焦っても意味がないんです。あったことをなかったことにはできない。過去を踏み越えて明日を生きるようにしないと、いつまで経《た》っても事件の影に怯《おび》えて暮らす羽目になる」

「こちらでは犯罪被害者遺族だけじゃなく、加害者家族もケアの対象にしていますよね。だからこそ伺ったのですが、珍しい取り組みだと思います」

「あなたならお分かりでしょう。世間の非難はまず加害者側に及ぶ。犯人の家族というだけで親の仇《かたき》のような仕打ちを受ける。実害はありましたか」

「ポストには誹謗中傷の手紙が満載です。家内は路上で襲われました。ネットでは……言わずもがなです」

「理不尽さでは被害者遺族と同様かそれ以上でしょう。そういう人たちに今までケアのシステムがなかったことがおかしかったのです。厳罰主義というのか、加害者の家族は耐え難きを耐え忍び難きを忍べという風潮が堂々とまかり通っているんです」

机の移動を済ませても、椎名は丁寧に話し続ける。会の趣旨を理解してもらうのに必死な気持ちが伝わってくる。

「見学ということでしたね」

「はい。まだ入会するかどうか決められなくて」

「でもネットニュースを見ただけで、わざわざここまで来られた。誹謗中傷の手紙に奥さんへの暴行と仰《おっしゃ》いましたが、心はそれ以上に疲弊していませんか」

指摘されて気づく。会社での扱い、雑誌編集者という立場ならではの葛藤《かっとう》、妻との諍《いさか》い、そして息子の心根が今になっても理解できないこと。胸の中に仕舞い込んでいる話は山ほどある。それを吐き出したらどんなに楽になるだろう。

「椎名さんが〈葵の会〉の発起人なんですか」

「一応、そういうことになっています。あ、皆さんが集まるまで間がありますからこちらへ」

誘われるままついていくと、事務所に連れていかれた。椎名は熱い緑茶を勧めてくれた。

「こういう会を作ろうとしたのはせめてもの罪滅ぼしなんですよ」

自らも茶を啜《すす》りながら、椎名は言葉を継ぐ。

「昔はスジ者でしてね。まあ色々と非道なこともやってきました。いや、ちゃんと罪は償ったしあの世界から足も洗ったんですよ。それでもされた方の恨み辛《つら》みが消える訳じゃない。悶々《もんもん》としているうちに思いついたのが、せめて犯罪被害者遺族の話を聞くくらいはできるんじゃないかと」

椎名のご面相と肩書が一致しなくて困っていたのだが、罪滅ぼしと聞いて疑問が氷解した。

「わたしみたいな半端者にもできることがある。それで世のため人のためになるのなら本望ってものですよ」

厳つい顔が静かに笑ってみせる。

その瞬間だけ、ひどく人懐っこい顔になった。

予定の午後一時が近づくと設営した会場に人が集まり出した。設営と言っても教室ほどのスペースに椅子《いす》を環状に並べただけなのだが、十五人ほども座れば結構な会合に見えてくる。

志賀は見学者という立場なので彼らとは離れた場所でぽつねんと座っている。椎名を含めて十八脚の椅子が並び、あと一人で満席という時点で声が掛かった。

「一人は遅れてくるという連絡がありました。先に始めてしまいましょう」

全員が事件関係者の家族という触れ込みだが、顔触れは様々だ。老いた夫婦もいれば学生風の男女もいる。顔つきも悲嘆に暮れたものからやけに明るいものまでそれこそ十人十色だ。

「司会を務めさせていただく椎名です。本日後方に控えているのは見学の方ですが、境遇は皆さんと一緒ですので警戒しないでやってください」

全員がこちらを向いたので、志賀は軽く会釈した。誰からも拒絶の声は出なかったので、取りあえず仮会員として認めてもらったということか。

「では、この一週間に起きた出来事を語りたい人は語ってください。例によってわたしから時計回りで」

椎名の隣に座っていた老人が顔を上げた。

「戸城《としろ》です。先週の水曜日は孫の三回忌で親族一同が集まりました。法要の後はどうしても孫の昔話になるんですが……あの……年端もいかない者が死ぬと思い出話にも目新しいものはなくなりますな。去年披露した話をまた今年もする羽目になって……死んだ子の歳《とし》を数えるなんて言葉があるが、どうにも空しい。歳を取るのは生きとる人間だけだからね。いや、また湿っぽくなってしまったな。ごめんなさいよ」

しばらくの沈黙の後、二番目に口を開いたのは二十代と見える女性だ。大きなくりくりとした目が印象的で、居並ぶ関係者の家族の中でもひときわ元気に見える。

「桑畑《くわばた》です。わたしがこの会に参加させていただくようになってから、もう三年が経とうとしています。結婚を約束していた彼が通り魔に殺されて、生きる希望を失っていたわたしの愚痴やとりとめのない話を聞いてくれた皆さんには感謝しています」

でも、と桑畑は少し声を大きくした。

「この度、彼の友人だった人と縁あって結婚することになりました」

他の参加者から、おおと祝福のざわめきが起こる。

「まだ三年しか経ってないのに節操がないと思う人がいるかもしれません。でも、わたしが幸せになるのが彼にとって一番の供養になるからと言ってくれて」

そうだよ、と戸城老人が頷《うなず》いてみせる。

「死者を蔑《ないがし》ろにする訳じゃないが、生きている限り新しい縁を作っていかないと、あんた自身が亡者に囚《とら》われることになる」

「だけど、裏切り者と言う知り合いもいるんです」

「裏切りなんかであるものかね。死んだ人間の分まで幸せに生きるのが、生きている者の務めだよ」

「……ありがとうございます」

彼女の語尾は震えていた。他の参加者からぱらぱらと、しかし温かい拍手が送られる。

彼女の話を聞いて会の趣旨が理解できた気がした。悲しみを吐露し共有化することで苦しみは軽減される。逆に喜びを報告することで皆も救われた気分になる。カウンセリングではなくあくまで自助のかたちを採っているが、この方法は残された者の傷を癒《い》やすには最適かもしれなかった。

次に口を開いたのは地味な印象の四十代と思《おぼ》しき主婦だった。どことなく鞠子に似た風貌だったので、志賀はじっくり見入ってしまう。

「瀬川《せがわ》です。つい先日、主人に危険運転致死傷罪の判決が下りました。公判の流れから覚悟はしていたのですが、いざ判決が下りてみるとやはり世間様からの風当たりが強くて」

ついさっきまでの寿《ことほ》ぐ空気が一瞬で吹き飛んだ。空気を読んだらしく、瀬川は済まなそうに周囲を見回す。

「めでたくない話でごめんなさい。でも、どうしても愚痴を聞いてほしくて……見ちゃいけない見ちゃいけないと思いながら、ついついネットを見ちゃうんです。思った通り判決について、いい気味だとか手緩《てぬる》いだとか、見せしめのために極刑にするべきだとか……本当に、匿名だと人はあんなにも残酷になれるんですね。ウチの人がどんな人間だったか知りもしないのに。事件の加害者だというだけで、まるで鬼畜生みたいに扱う」

志賀は胸を衝《つ》かれた。

ここに自分と同じ境遇の人間がいる。

自分の気持ちを共有できる人間がいる。

真っ暗な夜道を彷徨《さまよ》い歩いている途中で人影を見つけたような喜びだった。

思わず腰を浮かしかける。

その通りです、世間で正義漢面する人間に限って卑怯者《ひきょうもの》がほとんどなんです——そう口走りかけた。

だがその寸前、闖入者《ちんにゅうしゃ》が現れた。

「すみませんっ、遅れましたあっ」

ああ、これが遅れると連絡のあった参加者か。

志賀は闖入者の顔を見、そして闖入者も志賀を見て双方ともあっと声を上げた。

「どうしてあなたがここにいるのよ」

闖入者は星野奈々美だった。

2

意外なかたちの再会に面食らったのは二人だけではない。予《かね》てより奈々美の境遇を知っていたらしい他の参加者は瞬時に志賀の素性に薄々勘づいたようだった。

「今度はわたしをストーキングするつもりなの。この父親にしてこの息子ね」

「違う。わたしはネットでこの会のことを知って」

「嘘吐《うそつ》けっ」

奈々美は志賀の前に立つと、いきなり胸倉《むなぐら》を摑《つか》み上げた。

「ふざけやがって、この野郎」

相手は十四歳の女の子だ。大人の力で振り払うのも容易なはずだった。

だが志賀は椅子から立ち上がることさえできなかった。わずか十四歳の娘の射るような視線に貫かれて身動きできなかったのだ。

「また、あたしの居場所を奪うつもり」

「勘違いするな。そんなつもりはない」

「あたしが来るの待ち構えてたくせに。どこからどう見ても息子と同じストーカーじゃん」

「待ち構えていた訳じゃない。本当に知らなかったんだ」

そこに椎名が割って入った。

「奈々美ちゃん、ひょっとしてこの志賀さんて」

「そうです。わたしのパパとママを殺した志賀健輔の父親です」

「あちゃあ……」

緊迫した空気を少しでも和ませるためか、椎名は頓狂《とんきょう》な声をあげて額を叩く。

「二人ともちょっと待って。これは色々確認を怠ったわたしの責任だ。奈々美ちゃんは自分の席に座って。瀬川さん、話を続けて。志賀さんはわたしとちょっとこっちへ来てください」

「逃げるな、卑怯者おっ」

「誰か奈々美ちゃんを押さえておいてください」

予想以上に椎名の力は強靱《きょうじん》で、有無を言わさず志賀の身体を引っ張り上げる。そのまま引き摺《ず》られるようにして事務室に連れていかれた。

何か小言を言われるかと覚悟したが、事務室に入るなり椎名は深々と頭を下げた。

「申し訳ない、志賀さん。あなたに不快な思いをさせちまった」

頭頂部が正面に見えて、初めて禿《は》げているのが分かった。

「あなたが名乗った際、志賀という名前がちらっと記憶を過《よぎ》った。その時に奈々美ちゃんの両親の事件と結びつけなきゃいけなかったんだ。完っ全にわたしの落ち度だった」

「いや、あなたのせいじゃありませんよ」

ひたすら平身低頭する椎名を前にすると、そうとしか答えようがない。

「いくら犯罪被害者遺族と加害者家族を同列に扱うといっても、同じ事件の関係者同士を入会させたりはしない。要らぬ争いの元だからね。だから最低限会員になる人の素性は確認しておくのが常なんだが、今日のところは見学というんで油断しちまった。本当に申し訳ない」

「誰も悪くないですよ。強《し》いて言えば巡り合わせが悪い」

一方的に謝られたせいだろうか、志賀に力みはなくなっていた。奈々美から受けた仕打ちにも運命の悪戯《いたずら》にも怒る気は失《う》せている。ただ脱力したように座るだけだった。

「彼女はいつから入会していたんですか」

「事件が起きてから間もなくだったかなあ。亡くした両親以外に身寄りがなくってね。その上、学校でも居場所をなくしたそうだよ。それでここに来たって」

さっきの居場所云々《うんぬん》の話はそこから繋がっているのか。

「学校でイジメにでも遭《あ》ったんですか」

「その辺がわたしにはよく分からない。普通クラスメートにそんな不幸があったらクラスで一致団結して護ろうとか話し相手になろうとかするもんでしょう。ところが奈々美ちゃんのクラスでは逆でしてね」

椎名は禿げかけた頭頂部を掻《か》き始めた。話しにくいことを口にする時の癖かもしれず、そもそもその癖が原因で頭頂部の毛が抜けたのではないか。

「両親が殺された原因も母親が学生に色目を使っていたせいだろうとか、元々夫婦仲もよくなかったんだろうとか、もう言いたい放題だったらしい。彼女の話を聞いていると、父親も官僚というエリート一家で妬《ねた》み嫉《そね》みが根っこにあったみたいですね。それが事件を機に一気に噴き出た」

鞠子を切りつけた犯人だから容易《たやす》く同情することはできない。しかし彼女のクラスメートも大概だと思った。

「ひどい話ですね」

「今まで一番の親友だと信じていた相手が真っ先に手の平を返したって言ってました。わたしらみたいなスレッカラシならともかく、十四歳の女の子にそういうのはキツかったと思いますよ」

椎名は頭に置いていた手でずるりと顔を撫《な》でる。

「今も昔も、学校が社会の縮図ってのは真実なんですね。わたしがガキの頃だって学校も世間も今ほど弱い者イジメが盛んじゃなかった。も一つ付け加えるとヤクザだって身内にそんな真似はしなかった。あれは一種の疑似家族みたいなものだしね。今の世の中はヤクザ以下じゃないかって思う時がありますよ」

椎名の言葉はいちいち的を射ている。世間への印象も志賀とそれほど隔たりがない。元ヤクザ者と雑誌編集者の考えが似ているのも皮肉といえば皮肉だった。

「志賀さんにはもう一つ謝らなきゃいけないな。奈々美ちゃんと対立する立場と分かった以上、同じ部屋にいさせる訳にはいかない」

「まあ、そうでしょうね」

予測していた申し出であり、志賀に否やはない。主宰である椎名を気に入りかけていたので残念だったが、だからこそ彼に迷惑を掛けたくなかった。

「人を殴ったとか物を盗《と》ったとかなら、まだ話は簡単なんだ。加害者側が誠心誠意謝りさえすれば、後は何とでもなる。同じ人間だから気の迷いもあるし魔が差すことだってある。でもね、人殺しが絡んでくるとちょっとやそっとじゃ双方に橋が架からない。死んだ人間が生き返るはずがないからね」

椎名の口調が次第に重くなっていた。続く言葉が更に重くなるのは容易に想像がつく。

「折角入会希望で来てくれたのに門前払いみたいになって悪いと思っている。しかし自分の親を殺された恨みっていうのは、カウンセリングや自助努力だけで何とかなるものじゃない。そいつはわたしが身に沁《し》みている」

「椎名さん」

「さっき、スジ者だった頃に色々非道をしでかしたと言ったでしょう。その最たるものが人殺しだった」

人殺し、と呟《つぶや》いた時だけ目が据わった。

「もっとも相手は縄張り争いをしていた同業者だったから、それほど世間様の非難は浴びずに済んだ。ヤクザなんて社会のクズだからね。クズ同士が殺し合いをしたところで環境浄化てなもんだ。ところが殺《や》った相手にも子供がいて、法廷で一度だけ目が合った。まだ小学生みたいだったけど、その子の目が忘れられなくてねえ」

遅ればせながら気づく。椎名は加害者側が決して許されない場合があることを己の体験で語ろうとしているのだ。

「何ていうか子供の目じゃない。ぎらぎらしているのに妙にひやりと冷たくてね。どんな理由があったとしても、親を奪われた子供にしてみりゃ仇でしかない。ああ、俺はいつかこの子供に殺されても文句は言えないなと思ったんだよ。それがさ」

椎名はその先を言いにくそうだった。

「……さっき奈々美ちゃんがあなたを睨《にら》んでいた目がまさにそういう目だったんだよ」

志賀は最前の奈々美の視線を思い出す。確かに椎名の言う通りだった。

家族を殺された人間だけに許される執念があるように、人を殺めた者だけが語れる真実がある。椎名が話してくれたのは、おそらくそういうことなのだろう。

「分かりました。ご迷惑をおかけしました」

「あなたの言葉じゃないけど、巡り合わせが悪かったと思って諦《あきら》めてくれ」

椎名は再度低頭した。禿げた頭頂部を見るに忍びなく、志賀は事務室を後にする。

公民館を出た直後、振り返って建物を眺めた。現金なもので、入会できないと知ると〈葵の会〉が堪《たま》らなく魅力的なコミューンに思えてきた。いや、実際彼らの話を聞いていると心が少なからず慰撫《いぶ》されたのだ。共感と相互理解、犯罪の爪痕《つめあと》に傷ついた仲間がいると認識するだけでもささくれ立った襞《ひだ》が円《まる》くなったのだ。

他にも加害者家族のケアを請け負ってくれる団体があるのだろうか。広い世界なら〈葵の会〉以外にも存在するかもしれない。だが、今はわざわざ検索する気にもなれなかった。

上野駅に向かっている途中から段々腹に据えかねてきた。他の誰でもない、星野奈々美に対してだ。

理不尽に両親を奪われた憤怒は理解できる。犯人の父親として謝罪する気持ちもある。しかし、だからといってこちらの家族や心の平安を奪う権利があるだろうか。椎名は相手の子供に殺されても仕方がないと言っていたが、志賀の場合は既に健輔を失っている。人数の差こそあれ、家族を失ったという点では同じなのではないか。

「くそっ」

思わず声が出た。すれ違った女性が慌てた様子で振り返ったので、よほど険のある声だったに違いない。

事件が起きてからというもの、志賀たちはどんな仕打ちを受けたのか。高まる非難を浴びて栄《は》えある雑誌から転属させられ、社内から疎《うと》まれていたお荷物部署からもポンコツ扱いされた。奈々美には待ち伏せの上襲撃され、鞠子などは切りつけられもした。それが遠因となって、今や志賀は妻さえも失おうとしている。

「ふざけるな」

また声が出た。

どうして自分だけがこんなにも失わなくてはいけないのか。地位も信用も家族も誇りも全部取り上げられた。いったい自分が何をしたというのだ。責められるとしたら健輔をあんな短絡的な人間に育てたことくらいだが、それが万死に値するとでもいうのだろうか。

考えれば考えるほど怒りの矛先は奈々美に向かっていく。大人げないと思うが、奈々美こそが自分の天敵ではないかとさえ思えてくる。

さっきも言われる一方、されるー方だった。思い返す度にふつふつと怒りが込み上げてくる。

せめてひと言くらいは言い返したい。

辛いのは君だけじゃないと分からせたい。

不意にどす黒い考えが胸底に点《とも》った。培《つちか》ってきた良識が抑え込もうとしたが、怒りが後押しして抑えきれなかった。

今度はこちらの番だ。

奈々美が今いる家を訪ねて最低限のことは言わせてもらおう。それでなければ到底自分の気が済まない。

早速、志賀は奈々美の居所を特定する方策に頭を巡らせ始めた。

3

両親が殺害され、父方母方ともに祖父母はなし。星野奈々美は天涯孤独の身の上になったのだから、まさか代沢の自宅に一人で住んでいるはずがない。奈々美の住まいを特定しようとしたのは、そういう理由からだった。

まず考えられるのは、どこかの児童養護施設に保護されている可能性だ。彼女が卒業するまでではないにしろ、マスコミが鳴りを潜めるまでは誰かの庇護《ひご》の下《もと》にいるはずだった。

幸い報道する側に所属していると、事件関係者の個人情報はある程度入手できる。古巣の「週刊春潮」にも彼女の居所を知っている記者がいるに違いない。志賀を外して事件報道に勤《いそ》しんでいる「春潮48」なら尚更《なおさら》だろう。

週明け、志賀は楢崎にそれとなく探りを入れてみた。

「星野奈々美の現在、ですか」

訝《いぶか》しげに眉《まゆ》を顰《ひそ》める楢崎に対して、志賀は神妙な態度を取る。

「やっぱり加害者の家族としては気になります」

ところが楢崎は雑誌編集長ならではの提案を口にした。

「加害者家族が謝罪のために、一人残された遺族に会いに行く、という絵柄はいいかもしれませんね」

自分でぼんやりと思い浮かべていた構図も、他人の口から語られると途端に胡散臭《うさんくさ》いものに変わる。

「各社もそろそろネタが尽きてきた頃です。新たに投下する燃料としてはうってつけなんじゃないですか」

内心、志賀は藪蛇だったと後悔する。奈々美に会ったところで昨日のように罵倒され、門前払いを食うのがおちだ。取材記者が二人を捉《とら》えている前だから、志賀の側は抗議も許されない。

「しかしわたしが謝罪するのはともかく、向こうは十四歳の少女です。冷静な態度が取れるかどうか」

「何言ってるんですか、志賀さん。冷静な態度を取られたらこちらが困りますよ」

楢崎はとんでもないというように声を大きくした。

「何の前触れもなく加害者の父親が被害者夫婦の忘れ形見である少女を訪ねる。少女は身も世もなく怒り狂い、加害者の父親を激しく罵って決して謝罪を受け容《い》れようとしない。我々はそういう画《え》が欲しいし、読者もそういう図式しか望んでいません。一度訪問したくらいで和解できるような生温《なまぬる》い敵対関係なんて噴飯ものでしかない」

改めて楢崎延《ひ》いては「春潮48」の編集方針を突きつけられたかたちだった。いや楢崎に限らず、こうした事件を追うマスコミというのはどこも同じ着眼点になるのではないだろうか。他の分野はどうあれ、少なくともマスコミの世界では聖なるものよりは邪なるもの、美しきものよりは汚れたもの、高貴なものよりは下賤《げせん》なものの方に需要がある。

「わたしとしては大歓迎の企画ですね。よろしかったら進めますよ」

「でも色々と取材許可が必要でしょう。彼女を保護している養護施設とか」

「養護施設。ふむ、確かにその可能性は高いですね。しかし残念ながらウチの編集部もそこまでの情報は把握していません」

楢崎は残念そうに首を振る。

「事件後、星野奈々美がそうした施設に保護を求めた痕跡《こんせき》がないのですよ」

「ここの編集部が把握していないという意味ですか」

「いいえ。おそらく各社とも把握していないでしょう。彼女が居場所を変えていれば、少なくとも『彼女は心痛のまま関係者の許に身を寄せている』という文言がどこかの記事にあるはずです。ところがそんな文章はどの記事にも見当たりません」

意外な回答に志賀も首を捻った。

まさかという疑念が頭を過る。奈々美はまだあの家に一人で暮らしているのだろうか。

終業時間を過ぎてから、志賀は代沢の星野宅へと向かった。楢崎は露骨に残業をちらつかせたが、行き先が星野宅であるのを知ると二つ返事で退社を承諾してくれた。

「ただし、可能な限り接触はしないでください。あくまでも本人の潜伏先を確定させるための調査に留めておいてください」

更に釘《くぎ》を刺しておくのも忘れなかった。

「くれぐれも他社の網には引っ掛からないでください。ウチの貴重なネタを先取りされてはかないませんから」

元より今の時点で会うつもりはない。自宅に住んでいないことの確認が取れれば御の字と考えているだけだ。

夕刻の住宅街は帰路を急ぐ学生や主婦が行き来をしている。彼ら彼女らを待っているのは安らかな日常であり、温かな団欒《だんらん》に違いない。慌しくもどこか切ない風景に、志賀は胸をちくりと刺されたように感じる。

もう自分には二度と安らかな日常も温かな団欒も戻ってこない――そう思うと胸の痛み

がじわじわと広がっていく。当たり前のように自分の選んだ仕事をこなし、当たり前のように家に帰る。事件が起きる前は気に留めることもなかった毎日が、今は果てしなく遠い出来事のように思える。

日常や常識は盤石ではなく、ベニヤ板よりも薄いのだと実感する。他人の不幸や流転《るてん》を幾度も記事で扱いながら、自分はいったいどこに目をつけていたのだろうかと思う。

考えれば考えるほど憂鬱《ゆううつ》になり捌《は》け口《ぐち》を求めてしまう。心に巣食う邪気をどこかで吐き出さなければ、身も心もどうにかなってしまう。

不意に気づく。〈葵の会〉への入会を阻まれたことへの抗議以上に、己は奈々美を貶《おとし》めたいのではないか。彼女を鬱憤晴らしの捌け口にしたいのではないか。

いい歳をした男がと苦笑しかけた一方で、意表を突かれて青ざめる自分がいる。完全に否定しきれないことがうしろめたかった。

二度目の訪問なので星野宅はすぐに分かった。瀟洒《しょうしゃ》な外観の平屋建て。陽《ひ》が沈みかけて薄闇《うすやみ》が迫る中、周囲の家の窓からは明かりが洩《も》れているのに、星野宅の中は真っ暗だった。

玄関の有様を見て、志賀は驚いた。

星野夫婦と健輔の死体が発見された当日に訪れた際は、真っ白な壁が印象的だった。ところが今は見る影もない。落書きを洗い流した跡らしく、壁は薄墨を広げたような斑《まだら》模様と化していた。ラッカースプレーで書かれたものが完全に消されていないのが、却《かえ》って寒々しい。玄関ドアは更に悲惨だった。いったん洗い流した跡に新たな落書きが加えられ、もう消すのを諦めたような感さえ漂う。

『殺されたお前たちも問題』

『死に太り』

『悲劇の主人公はココ』

『わたしのために泣いて』

『天罰』

筆跡を誤魔化すためか、いずれも殴り書きしたような文字だ。書いた者の無教養さと残酷さが窺《うかが》える。

志賀のマンションにも落書きがあったが、集合住宅であるのを考慮してかいくぶんは遠慮がちだった。対してこちらは全く容赦がなく、野放図な悪意のオンパレードだ。

ふと見ると西側の窓ガラスが割れている。真下にガラス片が見当たらないので、十中八九外からの投石か何かで割られたのだろう。

志賀は眩暈にも似た衝撃を覚え、その場に立ち尽くす。最前まで奈々美を相手に抗議しようとしていた気持ちはみるみるうちに萎《しぼ》んでいく。

落書きや投石をした連中は、近隣住人かもしくは公開されたわずかな情報から星野宅を特定した野次馬か。いずれにしても星野一家とは直接関係のない第三者のはずだ。その第三者たちが、被害者遺族である十四歳の少女をサンドバッグ代わりに叩いている。犯罪被害者遺族に対する暴力を知らない訳ではなかったが、いざ現物を目の当たりにすると嫌悪感が足元から立ち上ってくる。

加害者の親族である志賀たちに非難が集中するのは、まだ理解ができる。所謂《いわゆる》「歪《ゆが》んだ正義感」であり、ニュースで煽動《せんどう》された浅薄な人間が自己陶酔したいがためにリンチに加わる。「週刊春潮」や「春潮48」のような雑誌にとって格好の読者だが、正直付き合いたいと思える相手ではない。

翻《ひるがえ》って星野宅に狼藉《ろうぜき》を働いた者たちは、どんな心理で悪意を放出しているのか。マスコミに取り上げられている人物を叩いて憂さ晴らしをしたいというのなら、既に薄っぺらな正義感ですらなく、卑怯者の嗜虐《しぎゃく》に過ぎない。

志賀は背筋がぞくりとした。卑怯者と断じてみたが、彼ら一人一人は己を常識人と信じ、善き市民善き家庭人であろうとしているはずだ。そういう人間が抵抗できない弱者には平然と唾《つば》を吐きかける。それが人の世というのなら、うそ寒いことこの上ない。

居たたまれなくなり、星野宅に背を向けようとした瞬間だった。

「そんなところで何してんのよ」

突き刺さるような声で誰のものかはすぐに知れた。ゆっくり振り向くと、そこに制服姿の奈々美が立っていた。

「懲りないオッサンだね。今度は落書きでもしに来たの」

「そんなことするものか」

志賀の返事もつい尖《とが》ってしまう。

「ウチも散々やられたんだ」

「だからやり返すっていうのもありだよね」

「まだ、ここに住んでいるのか。てっきりどこかの施設に保護されているとばかり思っていた」

「ここにしかあたしの居場所がない」

奈々美が自分の居場所について話すのは何度目だろう。

「パパやママがいなくなって、あたしが住まなくなったら家まで死んじゃう。そんなの嫌」

不意に志賀は合点した。奈々美は家を、亡くしてしまった両親の代替にしているのだ。二人が遺《のこ》した形見として、平穏だった日々の記憶として、決して手放すまいとしているのだ。

「落書きしにきたんじゃないなら、何しにきたの」

再び射るような視線を浴びる。お前に抗議しにきたとは言えない雰囲気だった。

「ふん。どっちみちストーカー行為よね」

「君に何かをするつもりは毛頭ない。〈葵の会〉で鉢合わせしたのは本当に偶然だった」

「嘘《うそ》。あたしが入会しているのを知った上で、何食わぬ顔でやってきたくせに」

「違う」

何を疑われようと、これだけは否定しなければならない。

「君は笑うだろうがわたしだって、いや、加害者の父親だからこそ尚更世間の非難を浴びている。〈葵の会〉は加害者の家族も受け容れてくれると聞いて興味が湧いた。第一、君が入会している事実をどうやって知ったというんだ。会員の個人情報が簡単に流出するものか」

「簡単に流出しない個人情報を暴き立てるのがあんたたちの商売なんだろ。あんたはどっちに転んでも加害者の側なんだよっ」

多分に偏見が混じっているが、公開されない情報を探るのが仕事というのは正鵠《せいこく》を射ている。

「君は、自分には居場所がないと言ったな。加害者の家族も同様に居場所がなくなるのは、」容易に想像がつくだろう。わたしが〈葵の会〉に出向いたのもそういう理由だ。

勘の鋭い娘らしく、奈々美は意地の悪そうな笑みを浮かべる。

「わたしはわたしはって、ずっと一人称で話してるよね。奥さんはどうしたの。ひょっとして別居してんの」

「……実家に帰している」

「奥さんはいいよね。帰る家が二つもあって。で、結局、この家に何の用事があったの。それともあたしに会いたかったの」

「君に興味を持ってはいけないのか。加害者の家族は被害者遺族に何の関わりを持ってもいけないのか」

「しっらじらしい」

　奈々美は吐き捨てるように言う。今まで比喩《ひゆ》表現として志賀も何度か記事の中で書いてきたが、本当に唾を吐くような物言いだった。

「興味を持つとか、すっごい綺麗《きれい》な言い回し。本当はこの家の有様を見物しに来たんでしょ」

　奈々美は汚れた壁をこれ見よがしに指差す。

「自分ちよりは派手に書かれているとか、一人残された娘はうじうじ泣いているんだろうとか、想像に胸を膨らませてきたんでしょ。お生憎様。わたしはこの通り元気でーすっ」

「同病相憐《あいあわ》れむとか見下すとか、そんな気持ちはこれっぽっちもない」

「笑うつもりもないのなら、とっとと帰って。あんたの顔なんて見たくもない」

　肩を怒らせて奈々美は志賀の脇《わき》をすり抜ける。その瞬間、志賀は奈々美の二の腕に大きな痣《あざ》を見つけた。よく見れば膝小僧《ひざこぞう》も擦《す》りむいている。

「怪我《けが》をしているじゃないか」

「あんたには関係ない」

「転んだ怪我とかじゃないよな」

「うるさいっ、うるさいっ」

「しかし」

「これ以上ここにいたら、警察呼ぶから」

奈々美は毒づきながらドアを開錠し、さっさと中に消えてしまった。

聞きたいことは山ほどある。言いたいことはそれ以上にある。だが、本人を目の前にすると一割も言葉にできなかった。

自分は理不尽な扱いを受けているとばかり思っていたが、奈々美の比ではなかった。十四歳という属性を考慮すれば、同じ家庭を失うにしても悲愴《ひそう》さが違う。あんな境遇の女子を責め立てたら、その時こそ自分は人として最低に堕《お》ちるだろう。

帰ろう。自分も家族を失ったが、まだ家は残っている。

毒気を抜かれたような気分で元来た道を引き返していると、少し歩いたところで再び呼び止められた。

「こんばんは、志賀さん」

今度の声は、聞き覚えはあるものの誰のものか分からない。背後を振り返ると意外な人物だった。

「あなたは警視庁の……」

「捜査一課の葛城です」

葛城は生真面目《きまじめ》に名乗る。先に名乗ったのは、こちらが名前を忘れかけていたのを気遣っての行為に思えた。

「奇遇ですね。どうしてこちらにいらっしゃるんですか」

屈託なさそうな顔で訊いてくるが、被害者宅の近辺で加害者の家族がうろついているのだ。散歩や仕事の都合と言っても、到底信じてはもらえないだろう。

逡巡《しゅんじゅん》していると、葛城の方から水を向けてきた。

「どこか静かな場所で話しませんか」

「警察で取り調べですか」

「まさか。志賀さんだって監視つきの場所で話したくないでしょう」

葛城は住宅街を離れると、大手チェーンのコーヒーショップに志賀を連れていく。店の奥、密談には持って来いの場所に陣取る。壁際の席に志賀を座らせたのは逃亡を防ぐためかと、つい勘繰ってしまう。

「ここなら話していても他人の関心を惹くことはないでしょう。満席だし、店の入り口からは死角になっています」

「詳しいですね」

「何度か星野宅には足を運んでいますからね。近隣のロケーションには多少詳しくなります。志賀さん、何にされますか」

葛城はやってきた店員に注文を告げ、さっさと人払いをする。

「さて、教えてください。星野宅に何の用事があったのですか」

葛城は真《ま》っ直《す》ぐこちらを見る。最初に会った時から、彼の遠慮がちな対応には好意を持っていた。今もその印象は変わらず、相手は刑事だというのにまるで真摯《しんし》な営業マンから説明を受けているような錯覚に陥る。

「申し上げておきますけど、偶然とかは言わないでください。警察官に虚偽申告をすると、それだけで心証が悪くなります」

先に釘を刺されたので退路も断たれた。別に犯罪行為ではないので、志賀は〈葵の会〉での一件から全《すべ》てを包み隠さず説明する。葛城は他人事ながら困惑顔になった。

「加害者家族と被害者遺族が鉢合わせですか。それは修羅場だったでしょうね」

「こんな言い方をすると世間や警察は自業自得だと思われるでしょうけど、加害者の家族だって被害者です。どんな親だって子供を犯罪者にしようと育てているんじゃない」

「ええ、それは承知しています。星野夫妻の事件において、志賀さんが無関係であるのは分かっています。ただし、だからと言って被害者遺族に接触するというのはあまりお勧めできません。どちらにもしこりがあるでしょうし、彼女はあの通りまだ十四歳の女の子です」

「それくらい分かっています」

「分かっているけど接触してしまった」

「大人げないと仰りたいのでしょうが、ここ数日は本当にキツいことの連続で」

「でも、志賀さんは肉体的な暴力を受けてはいないでしょう」

いきなり葛城は妙なことを言い出したが、少し考えて奈々美の身体に残っていた傷痕《きずあと》への言及だと見当がついた。

「わたしは彼女に暴力なんて振るっていない。〈葵の会〉でだって一方的に罵《のの》られただけです。会の、椎名さんという世話役に聞けば証言してくれます」

「世話役の椎名さんですね。じゃあ念のために確認しておきます」

今のやり取りで、葛城が星野宅周辺にいた理由がおぼろげながら推察できた。

「警察は彼女の護衛をしているんですか」

「警察というのは少し語弊があります」

「……ひょっとして葛城さんが勝手に護衛しているんですか」

「勝手にというのも語弊があります。市民の安全を護るのが警察官の務めですから」

「星野さんの事件は終わったんじゃないんですか」

「被疑者死亡のまま送検されたというだけです。決して終結した訳じゃありません」

葛城はそれまで温和に緩んでいた口元をわずかに引き締めた。

「それは、彼女の二の腕や膝小僧に残っていた傷痕のことを言ってるんですか」

「目立つでしょう、あれ。肌の露出した部分であんな状態なので服で隠れた部分はもっとひどいんじゃないかと危惧《きぐ》しています」

「彼女は警察に届け出たんですか」

「届け出てくれないから困っているんですよ」

本当に困ったように首を傾《かし》げる。葛城という男は人前で演技もできない刑事なのかと思ってしまう。

「事件が終結した訳ではないので、その後も何度か彼女と会ったんです。ところが会う度に生傷が増えていく。誰にやられたのか問い質《ただ》しても絶対に言おうとしない」

「イジメの相手から脅されているんでしょうか」

「いや。彼女の性格を考えると、脅されているんじゃなくて恥ずかしいと思って喋《しゃべ》ってくれないんじゃないでしょうか」

「葛城さんが彼女の身辺警護をしているのは、それが理由でしたか」

「他にもイジメの対象にされている少年少女はいるでしょうけど、事件で知り合った人間がそんな目に遭っているのに知らんぷりできませんよ」

「素晴らしい姿勢だと思いますが、捜査本部は許可しているんですか。特に、あの宮藤という人は」

葛城は苦笑しながら首を横に振る。

「正式に申し出ていないから黙認されている面があります。捜査一課も人が足りている訳ではないですから」

葛城は明言しなかったが、奈々美の警護をしていると聞けば宮藤もいい顔をしないだろう。

「葛城さんは変わったタイプの刑事さんですね。仕事柄一課の刑事さんをずいぶん見てきましたが、あなたみたいな人は珍しい」

「よく言われます。商売間違えたんだろうって」

葛城は頭を掻く。その仕草が志賀の目には微笑《ほほえ》ましく映る。これでよく宮藤とコンビを組んでいるなと感心する。

　こちらの顔色を読んだ訳ではないだろうが、葛城はこう言葉を継いだ。

「実は事件が終結したとは思っていないのは、手続き上の話ではないんです。僕だけじゃなく、宮藤もそうです」

　思わず耳を疑った。

「大学の友人に健輔くんの評判を訊き回りました。健輔くんというのは純粋なところがあって、一度決めたら一直線みたいな性格だったようですね」

「ええ。子供の頃から思い込みの激しい一面がありました」

「捜査本部では、彼がそういう性格だから星野希久子さんと無理心中を図ったのだと結論づける者がいます。しかしですね、一方で健輔くんは理性的であり、突発的に感情を爆発させることはなかったとの証言も得られています。スマホには希久子さんの画像が保存されていましたが、学内で彼女に付き纏《まと》っていたのを目撃した者はいないんです」

　思いもよらぬ方向から呼び止められたような感じがした。

「じゃあ健輔が無実という可能性もあるんですか」

「いえ、ぬか喜びさせるような言い方になったのならお詫《わ》びしますけど、送検した立場としては疑問点を全て解消したいんです」

　葛城は申し訳なさそうに言う。

「普段おとなしい人間が激情に駆られるというのも珍しい話ではありません。だけどどこか引っ掛かったまま一人の人間を訴えるのは、やっぱり避けるべきなんですよ」

「それはあなた一人の指標ではないんですか」

「どんな刑事も進んで冤罪《えんざい》をこしらえるつもりなんか毛頭ありません。検察官だって同じです。裁判での有罪率が99・9パーセントという数字は如実にそれを物語っています」

「宮藤さんも、ですか」

葛城は、それには答えてくれなかった。

「どちらにせよ、今後も志賀さんには色々とお訊きする機会があると思いますので、よろしくお願いします」

葛城がやはり律儀に一礼するので、志賀もつられて頭を下げる。

「それからこれは言わずもがなですけど、奈々美ちゃんにはなるべく接触しない方がいいでしょう。何度も言いますが彼女はまだ十四歳の女の子です。僕たちが考えているよりも、ずっと脆く繊細です」

「しかし誰かからイジメを受けている」

「両親がいなくなった今、彼女を護るのは大人全員の役目なのでしょうが、少なくとも現時点では警察官に任せてください」

## 4

「それで星野奈々美とは接触したんですか」

翌日顔を合わせた際、楢崎は開口一番に訊いてきた。

「接触というか、一方的に詰《なじ》られてお終《しま》いです」

「志賀さんから何かを罵倒《ばとう》したとかはなかったんですか」

「する訳ないじゃないですか」

星野宅を訪問した前後の経緯については詳細を報告する気がなかった。特に葛城とのやり取りは、楢崎に知られたくない。

「大の大人が一方的に罵倒されて終わり。まあ、二人の関係性を鑑《かんが》みれば当然なんでしょうねえ」

物足りなそうな物言いからは、志賀と奈々美の間にトラブルが起こってほしいとの願望が垣間見《かいまみ》える。

つまり春潮社の立場としてこれ以上志賀のスキャンダルが拡大するのは好ましくないが、「春潮48」の編集長としては新たなネタを提供できるので悪くないといったところか。

部下さえも燃料代わりに考えられる資質には見上げたものがある。真似をしたいとまでは思えないが、楢崎のような男でなければ「春潮48」のような雑誌の編集長は務まらないのだろう。

「とにかく世間からの非難はまだまだ収まっていません。星野奈々美に接触する際は洩れなく報告してください。ああ、それから」

楢崎は念を押すのを忘れなかった。

「くれぐれもウチの編集が見ていない前で、彼女を罵倒するような真似は控えてください。いいですか、くれぐれもですよ」

暗に、「春潮48」編集員の目の前であれば罵倒してくれて構わないと言っているのだ。言われるまでもない。

昨日の星野宅と奈々美の様子を目の当たりにしたら、口が裂けても罵倒などできない。それどころか庇護の意識さえ湧いてくる。

気になるのは奈々美の身体に残っていた傷痕だ。葛城は明言こそしなかったが、彼女に暴力を振るった人間の見当はついているらしい。

見当だけなら志賀にもつく。奈々美の生活拠点は中学校だ。ならば暴力もそこで受けたに違いなかった。

最近は学校を特定されるのを防ぐため、生徒たちは校章を身に着けないと聞く。だが世田谷区内で同じ制服に定めている中学校もあまりないだろう。

奈々美が着ていた制服のデザインはまだ記憶に新しい。ネットで検索すると、すぐに該当の学校がヒットした。

都立桜《さくら》中学だった。

学校が特定されると、次に志賀は学校の裏サイトを検索した。最近は裏サイトの検索サービスが存在し、通常の検索エンジンでは発見できない学校毎《ごと》の裏サイトをユーザーの申請で掲載してくれる。便利な世の中だと感心しているのも束《つか》の間《ま》、サイト内の検索ワードに「奈々美」と入力した途端、志賀は思わず顔を顰《しか》めた。

『2－Aの星野奈々美、相変わらず登校してる』

『懲《こ》りねーなー』

『まあせっかくサンドバッグが来てくれることだし』

『部活動、きてるのか』

『バレー部だろ。そっちはきてないみたい。まあ、顔はだせないよね』

『親父《おやじ》が文科省の官僚だからって威張りやがってよ。いい気味』

『でも腕とか膝とか目に見えるところに傷つけんなよ』

『そそそ。イジメとか発覚したらやべーって』

『誰かいんろう（漢字わからん）わたしてやれよ』

『あいつマゾじゃない？』

『こういう時に人の評価ってわかるよな』

『死ね』

書き込んでいるのは同学の生徒とみて間違いないが、幼いなりの悪意に嫌悪感を抑えきれない。匿名性に護られているとはいえ、その心情の吐露はあまりに直截《ちょくせつ》で醜かった。

書き込みは延々と続く。さしずめ罵倒語の見本市で、ボキャブラリーが貧困な中学生だから言葉は相応に荒く、短いセンテンスになっていく。どんな国の言葉でも罵倒語は自《おの》ずと短くなるというが、その好例ともいえた。

志賀は居たたまれなくなり、サイトを閉じる。

奈々美へのイジメが気になったのは、何も正義感云々の話ではない。どちらかと言えば同病相憐れむという類《たぐい》のものであり、「善良な一般市民」なる者の正義がこの上なく汚らわしいものに思えたからだ。

この世で、およそ正義ほど胡散臭いものはない。自身の行為を正当化したい卑怯者が必ず口にする言葉だ。

「わたしはともかく世間はあなたを批判していますよ」

「○○に申し訳ないと思わないのですか」

「良識に照らし合わせてみて、いかがなものか」

全ては己を安全圏内に置きながら、世間やら良識やらを盾にして気に食わない相手を叩いているに過ぎない。己一人では影響力がないのを誰よりも知っているから、大樹に隠れて石を投げているのだ。そうした有象無象の思惑の集合体が正義になる例が少なくない。

今までそんな輩《やから》を嫌というほど見てきた。時には編集方針として、記者自身が嘘臭い「良識」に寄りかかる時もあった。何しろ卑怯な野次馬ほど「正義」という言葉が大好きであり、「週刊春潮」や「春潮48」はそういう読者で成り立っているのだ。

だが我が身がその「正義」とやらのひと太刀を浴びた今、志賀は敵愾心《てきがいしん》しか感じない。奈々美が脅威に晒されているのであれば、盾になるような覚悟はないがせめてイジメに加担した者を糾弾してやりたいと思う。

『両親がいなくなった今、彼女を護るのは大人全員の役目です』

今更ながら葛城の言葉が脳裏に甦る。まだ青年で通りそうな男で、口にする言葉も青臭い。それでも志賀が心惹かれるのは、青臭さの中に灯台のような光を見出《みいだ》せるからだ。「正義」のような胡散臭さではなく、自分よりも弱きものを護るという優しさがそこにあるからだ。

奈々美の通っている学校を特定しに行くと告げると、楢崎は二つ返事で外出を許可してくれた。

「今はネタにならなくても、そのうち有効活用できるかもしれませんね」

どのみち戦力外通告されているも同然の社員なので、厳しく拘束されない。都合よくも一抹の寂しさを感じる扱いだった。

志賀は電車を乗り継ぎ、京王井《けいおうい》の頭《かしら》線池《いけ》ノ上《うえ》駅で下車する。そのまま代沢商店街を抜け一般住宅が点在し始めると、ようやく都立桜中学の校舎が見えてきた。現在時刻は午後四時半、そろそろ下校時間になる頃だ。

志賀は似合いもしない帽子を目深に被《かぶ》り、正門を一望できる場所を探す。志賀にやましい目的がなくても、校門前で不審な男がうろついていればたちまち通報される。ようやく見つけたのはハンバーガー・ショップで、窓際にテーブルが見える。ここなら店内から監視ができそうだった。

駆け出しの頃は、よくこうして探偵紛《まが》いの行動でネタを拾い、対象者から強引にインタビューを取ったものだ。昔を懐かしみ、今は自分が取材される側であるのを思い出して愕《がく》然《ぜん》とする。

しばらくすると正門から生徒たちが吐き出されてきた。部活動から外れた所謂《いわゆる》帰宅部の面々なのだろう。ある者は一人で、またある者はグループを組んで家路を急ぐ。皆が穏やかな顔をしていることに何故《なぜ》か安心する。

現代の中学生たちが抱える問題を知らない訳ではない。大人と同様に生々しい憎悪を溜め込んでいるのも裏サイトで認識済みだ。それでも彼らが無防備に笑っていられるうちは平和なのだと、志賀は自分に言い聞かせる。

ふと健輔に思いを馳《は》せる。

出版社の仕事が多忙であるのを理由に、子育ては鞠子に丸投げしていた。だから小中学生の健輔と顔を合わせるのは休日くらいだった。あの時、健輔がどんな風に笑っていたのかあまり思い出せない。

他の子供たちと同様に悩みもあっただろうし、怒ったり泣いたりもしたはずだ。だが、その時自分は傍《そば》にいられなかった。放《ほう》っておいても子供は育つものだと一人決めして必要以上に言葉を交わそうとしなかった。

今思えばひどく冷淡な父親だった。もしあの時分、健輔が鬱陶《うっとう》しがるくらいに話し合っていれば、今回の悲劇は防げたかもしれない。早くから健輔の異変を察知して策を講じることができたかもしれない。

店員が持ってきたハンバーガーにもコーヒーにも手を付けず、志賀は学生たちの姿を眺めていた。彼らに健輔の姿を重ね合わせ、健輔の下校姿を想像していた。

その時、何の前触れもなく目の前が熱くなった。無自覚のまま大きな水滴が溢れて、頬《ほお》を伝って落ちた。志賀は驚いて涙を拭《ぬぐ》う。

感情ではなく、身体が堪《こら》えきれずに泣いたのだ。こんなことは初めてだったので、志賀はひどく慌てる。

気を取り直そうとしてコーヒーをひと口啜る。既に温くなった不味《まず》いコーヒーが喉《のど》をとろとろと流れていく。

校門から生徒たちが出てくるのを観察し始めてから十五分ほどが経過した。だが奈々美の姿は未《いま》だに見えない。

変だと思った。裏サイトの情報によれば、奈々美は部活動も休んでいるから、下校時間がくればすぐに出てくるはずだった。

しまった。

肝心なことを忘れていた。

イジメの対象にされている人間がわざわざ敵の待ち構える正門から出ようとは思うまい。少なくとも彼らの襲撃を避けるために別の出口を選ぶに決まっている。

裏口だ。

志賀はテーブルの上もそのままにハンバーガー・ショップを飛び出した。

スマートフォンを取り出して周辺地図を表示させる。学校から星野宅までは一キロ弱の徒歩圏内。通学路は決まっているだろうが、脇道や裏通りも多数存在する。

志賀は十四歳の気持ちになって考えてみる。迫害される者、追われる者は目立たぬように心がける。当然、人目を避けて脇道や裏通りを歩こうと考える。だが、それこそが陥穽《かんせい》だ。衆人環視の前で恐喝やイジメをする者はいない。卑怯者は必ず裏通りに潜んでいる。

志賀はスマートフォンを片手に細い道をひた走る。

ものの数分も走っていると息切れがしてきた。現場で取材対象を追っていた頃を思い出すが、あの時分は志賀も若くちょっとやそっとでは息が上がることなどなかった。副編集長として内勤がもっぱらになり、足よりは顎《あご》を使うようになってからはめっきり足腰が弱った。今こうして息切れに苦しんでいるのは、何かの意趣返しなのかと被害妄想を抱く。

いくつ目かの脇道を行き来した挙句、とうとう彼女の姿を発見した。中華料理店とドラッグストアの間に奈々美と彼女以外の生徒たちが固まっていた。見ると短髪と長髪の男子二人に女子が一人。奈々美の退路を塞《ふさ》ぐようにして取り囲んでいる。

「奈々美ィ、あんた懲りないよねー。あれだけ学校には顔見せんなって忠告してあげたのにさー」

「ひょっとして、お前を護ってくれる人間がいるとでも思った？」

「そおんなヤツ、いるわきゃないだろっての」

「大体、役人の娘だからって威張ってたヤツにホントの味方なんている訳ないじゃん」

「悲劇のヒロインになっても、日頃の行いが悪いからそうなるんだよ」

「手前《てめ》ェが世の中で一番不幸みたいな顔しやがって。ウザいんだよっ」

「おーい。他人の同情集めて、いったいいくら稼いだよ」

「同情なんか集めてない」

険しい表情で奈々美が答える。

「同情が集まっているんなら、こんなところであんたたちに絡まれたりしない」

「あんたの、その反抗的な態度が気に食わないのよ」

リーダー格らしい女子が顔を近づけていく。

「誰に対してもえっらそーに。ちったあ頭下げることを覚えろよっ」

奈々美の髪を鷲掴《わしづか》みにして無理やり頭を下げさせる。

「おいエリカ、気をつけろ。外から見える場所に傷つけたら面倒なんだから」

「腹とか胸いけ」

「こいつ貧乳だから、殴ってもクッションの代わりにならないよ」

志賀は自然に一歩踏み出していた。彼らが奈々美に手を出す寸前に声を上げた。

「何をやっている」

突然の闖入者に三人はぎょっとしたようだが、一番驚愕したのは奈々美だった。信じられないものが現れたというような目で志賀を見た。

「たった一人に寄って集《たか》って。君ら桜中学の生徒だろう」

校名を口にすれば彼らも尻尾《しっぽ》を巻いて逃げると高を括っていた。

甘かった。

エリカと呼ばれた女子は訝しげに志賀の顔を眺めていたが、間を置かずに喜色満面となった。

「こいつ、知ってる。奈々美の親を殺した犯人の親父だ」

「え」

「何で、そいつがこんなところにいるんだよ」

「理由なんて分かんないけど、奈々美とトラブってんのは確かみたい」

そして今度は志賀の方に顔を寄せてきた。

「ねえ、オジサン。ひょっとしたら奈々美に恨みがあるんじゃないの。奈々美のことだから家まで押し掛けてたりして」

「君には関係ないだろう」

「ふーん、関係ないなら、あたしらがこの野郎に何したって関知しないってことだよね」

エリカは奈々美の髪を捻り上げようとする。

「やめないかっ」

志賀は彼女の手首を摑み、逆に捻り上げた。

「痛《い》たっ」

「おい、何しやがるっ」

短髪が志賀の腕を引き剝《は》がす。注意を取られている隙に、長髪が膝の裏を蹴《け》り上げた。

志賀は堪らず膝を屈する。

「邪魔すんなよ、オジサン」

エリカは拳《こぶし》を握り締めて奈々美の腹部に狙《ねら》いを定める。

考える間もなく、志賀の腕が伸びて彼女の足を引く。エリカと奈々美は体勢を崩してその場に転がった。

「こんの野郎っ」

長髪が凶暴な顔つきで飛び掛かってくるのを力ずくで押さえつける。

「いい加減にしろ。学校に通報するぞ」

だが脅し方は彼らの方が上だった。

短髪がスマートフォンを取り出し、志賀にレンズを向ける。

「殴るなら殴ってみろよ、オッサン。すぐに拡散させてやる」

沸騰しかけた頭に冷や水を浴びた。唯一の被害者遺族を尾行し、その同級生を殴る加害者の父親——絵面としては最悪、ネタとしては最高だ。拡散されれば、楢崎の最も忌み嫌う事態に発展しかねない。

志賀が逡巡している隙に、上半身を起こしたエリカが奈々美の上に馬乗りになる。奈々美は両肩を押さえつけられて身動きが取れない。

ばし、奈々美の上から覆い被さる。

「やめろ」

逡巡したのは頭だけで、身体は反射的に動いた。体当たりのようにしてエリカを突き飛ばし、奈々美の上から覆い被さる。

奈々美の顔色が変わる。

「退《ど》けよ、ヘンタイ」

憎たらしいのは相変わらずだが、返事をしようとした時、脇腹に鈍痛が走った。

「へっ、カッコつけやがってよ」

長髪は一度では飽き足らず、二度三度と蹴りを繰り返す。喧嘩慣れしていないらしく急所には入っていないが、それでも鈍い痛みが重なっていく。

「まーかーせーろっ」

スマートフォンを構えていた短髪が、今度は顔を蹴り上げた。肉の潰《つぶ》れる音と目の前に花火が散ったのが同時だった。鼻を直撃されたらしく、意識が遠のき始める。ぐらりと身体が横倒しになりかけたが、本能が身体を支えきった。

緩みかけた両腕を叱咤《しった》し、志賀は奈々美を強く抱き締める。

「退けって言ってるのに」

眼下の奈々美はひどく怒っていた。

君になら怒られてもいいか。

身を挺《てい》してまで奈々美を護るつもりはなかった。だが実際に暴力の現場に居合わせた途端、志賀の中に眠っていた父親の本能が目を覚ましたらしい。

どこか清々《すがすが》しさすらある諦念《ていねん》が頭を過る。それでも三人の攻撃は一向に止まない。自らの罵声と暴力で一層興奮しているようだった。

「中二女子をレイプ寸前のシーン」

「ヘンタイとは奈々美もよく言ったよな」

「退けったら退けよ、このクソが」

中学生でも、見境のない暴力は大人顔負けだ。渾身《こんしん》の力を込めて繰り出す拳と足は馬鹿にできない破壊力を持っていた。

「離れてったら……」

真下で奈々美が泣きそうな顔をする。

「おいおい、愛《いと》しい奈々美ちゃんは離れてくれって言ってるぞー」

「懲りないヤツって何匹もいるよなっ」

もう誰にどこを責められているのかも曖昧《あいまい》になっていたが、次の一撃は脳天に響いた。

「あらよっと」

誰かの蹴り上げた足が、もう一度鼻を捉《とら》えた。

ぐしゃ。

鈍い音とともに血の花が宙に舞った。

それでも志賀は奈々美から離れようとしなかった。

「げっ」

エリカが下品に驚く。

「血」

「ヤバっ」

朦朧《もうろう》としかけている視界に、アスファルトに飛散した血が入る。大した量だと他人事のように志賀も驚く。

「いち抜けた」

「ヤバいって、これ」

「あ、あたし知らないから」

三人は口々に言い捨てると、その場から逃げ出していく。

「オジサン」

オッサンからオジサンに格上げか。

少しだけ誇らしい気持ちになったが、体力は遂《つい》に潰えた。

志賀は自分を支えきれなくなり、崩れるように横倒しになった。

「オジサンっ」

# 第四章　鶏鳴

## 一

相手はたかが中学生と高を括《くく》ったのがよくなかった。志賀が最寄りの病院に担ぎ込まれて応急処置を受けると、割に自慢だった鼻はひしゃげ肋骨《ろっこつ》にも数カ所罅《ひび》が入っていた。

「本当に警察に届け出なくてもいいんですか」

応急処置を施してくれた医師は気遣わしげに訊《き》いてきた。

「あなたは石段で足を滑らせたと言い張りますけどね、医者が診《み》れば殴られたり蹴《け》られたりしたのは一目瞭然《りょうぜん》なんですよ。もし誰《だれ》かに脅迫されているのだとしたら、早めに対処した方がいい。暴力は常にヒートアップする傾向があるんです」

医師の言葉には頷《うなず》けるものがあった。その通りだ。言葉の暴力、独善的な正義からの暴力も常にヒートアップする。

「ご心配は有難いのですが、本当に自分の不注意なんです」

志賀は照れ隠しに笑おうとしたが、表情筋に鼻を引っ張られて刺すような痛みに邪魔された。どうやら、しばらくは笑うことも許されないらしい。

志賀さん、と医師は尚《なお》も気遣いを見せる。

「オヤジ狩りに遭《あ》ったからといって恥じることはないんですよ。被害届を出しさえすれば、かなりの確率で犯人を逮捕してくれる。いや、そんな悪ガキは逮捕しなきゃいけない。でないと、あなたの後にまた被害者が増える」

以前にオヤジ狩りの被害者を診たことがあるのだろう。医師の言葉には憤りが聞き取れる。志賀にはどこか耳障りだった。医師からすれば正当な憤りなのだろうが、世間やマスコミの嗜虐《しぎゃく》めいた正義の声のように聞こえてしまう。

「どうか、もう放《ほう》っておいてください」

肋骨に入った罅はコルセットを巻くことで痛みがずいぶん軽減できた。特に入院する必要もなく、通院すればいいと言われたので従うことにした。

診察室を出ると、廊下の長椅子《ながいす》に奈々美が座っていたので驚いた。志賀が担ぎ込まれた際に付き添っていたのは知っているが、まさか診察が終わるまで待っているとは予想していなかったからだ。

「大丈夫……じゃないか。その顔じゃ」

奈々美は目尻《めじり》の辺りを申し訳なさそうにしている。顔中を包帯で巻いているのでミイラ男のように見えるのだろう。

「全治何カ月なのよ」

「そんなに大袈裟《おおげさ》な怪我《けが》じゃない。鼻の方は三日もすれば包帯が取れるらしい」

「鼻の方はってことは、他《ほか》はもっとひどいって話なの」

「何だ、心配してくれるのか」

「別にオジサンの身体《からだ》を心配してるんじゃない。こんなことでまた警察沙汰《ざた》になったらあたしが面倒ってだけ」

　奈々美はぷいと横を向く。やはりまだ中学生のする仕草だと思った。

「オジサン、あいつらを訴えるつもりなの」

　考えてもいなかったことだったので、つい返事が遅れた。

「まさか。君の同級生だろ」

「中学生だって他人を傷つけたら罰を受けなきゃ」

　罰という言葉が胸をちくりと刺す。健輔や志賀を糾弾するつもりではないのだろうが、奈々美の正義感は潔癖過ぎて痛々しいくらいだった。

　両親があんな死に方をしなければ、彼女の正義感はもっと穏当なものになっていたのではないか——そう考えると心が冷えた。

「君が訴えろというのなら考えなくもない」

　あの様子では日常的に奈々美を苛《いじ》めているようだった。それならエリカを含めた三人を傷害で訴えるのは、効果的な牽制《けんせい》になるかもしれない——だが少し考えて思い直した。入院を必要としないような怪我をさせたからといって、エリカたちが長期に亘《わた》って拘束されるとは考え難《にく》い。おそらく両親とともに呼び出され、数時間のお小言で解放されるのが精々だろう。彼女らがそれでおとなしくなるとは思えない。きっと報復を兼ねて、以前よりも苛烈《かれつ》なイジメを仕掛けてくる。

「しかし、君が煩わしいというのなら訴えはしない」

「あたしが怪我したんじゃないでしょ。オジサンが痛い目に遭ったんでしょ」

「元は君に降りかかった火の粉が、こちらに飛んできただけの話だ。君が決めればいい」

「……勝手にすればいいじゃん」

「じゃあ、何もしない。その代わり教えてくれないか」

「何を」

「君を襲った三人組のことだが」

「あのさ、今更だけどキミって言い方やめてくんない？　何だか落ち着かない」

「どう呼べばいいんだ」

「名前で呼べばいいよ」

「じゃあ奈々美ちゃん。君を襲った三人組の名前を教えてくれないか」

束《つか》の間《ま》、奈々美は志賀を睨《にら》んでから唇を尖《とが》らせた。

「嫌」

「どうして」

「だってオジサン、マスコミの人間じゃん。三人の身元を調べて記事にするつもりなら、お断り」

「奈々美ちゃんは被害者だろ」

「闘うなら自分一人でやる」

やり返すにしても他人の手は借りない。それも彼女なりの潔癖な正義感なのだろう。

「第一、オジサンはパパとママを殺した犯人の父親でしょ。だったらあたしの敵じゃないの。敵に加勢してイジメの相手に仕返しするなんて聞いたことがない」

敵、か。

自分の立ち位置は理解しているつもりだったが、それでも本人の口から明言されると改めて隔たりを感じる。

「奈々美ちゃんの生活に立ち入るつもりは、これっぽっちもない」

「あたしはオジサンの生活にずかずか立ち入るけどね」

奈々美は念を押すように言う。

「忘れないでよ。オジサンはあたしの仇《かたき》なんだから。絶対に幸せになんてさせてあげない」

言い捨てると、奈々美は踵《きびす》を返して志賀の前から立ち去っていく。

華奢《きゃしゃ》な体型であるのも手伝って、後ろ姿が心細げに見えた。本人は怒るだろうが、眺めていると庇護欲《ひごよく》が湧《わ》いてくる。

さて、侘《わび》しい我が家へ戻るとするか。

処方箋《しょほうせん》を受け取るために一歩踏み出した途端、コルセットに護《まも》られているはずの肋骨に疼痛《とうつう》が走る。

笑うことも、まともに走ることも、ついでに幸せになることも許されないらしい。

志賀は自虐的に笑いながら、そろそろと次の一歩を踏み出した。


翌日編集部に顔を出すと、案の定楢崎をはじめとした部員一同がぎょっとしたようだった。無理もない。そもそも昨日の襲撃の件はまだ概要さえ知らせていなかった。

「志賀さん、いったいどうしたんですか、そのなりは」

楢崎は腫《は》れ物に触るようにおずおずと近づいてくる。取材能力を持つ者たちに沈黙を貫いても疲れるだけなので、手短に説明を済ませる。

「そういう事情で、大袈裟に見えますけど実際は軽傷です」

「実際よりも見え方が重要なんです。まるでテロに遭ったみたいだ。それにしてもイジメを止めに入って、とばっちり食らったって。よくよく要領の悪い人だな」

楢崎は露骨に呆《あき》れている。

「しかし、被害者側である女の子がいじめられているというのは、ありがちではあるものの報道の価値はありますね」

上手《うま》い具合に楢崎が食いついてくれた。話を進めるのはここからだ。

「わたしもそう思います。星野奈々美の周囲にはトラブルやアクシデントがひしめいている。これを黙って見ている手はありません」

「え」

毒気を抜かれた風の楢崎に顔を近づける。テロの被害に遭ったようなご面相の霊験はあらたかで、楢崎は一歩後ずさる。

「星野奈々美の周囲はネタの宝庫です。引き続き、わたしに張らせてください」

「張らせるって、志賀さん。袋叩《ふくろだた》きに遭ったばかりじゃないですか」

「わたしが袋叩きに遭ったことで星野奈々美には負い目ができました。わたしを襲った中学生たちも同様です。クラスメートならともかく社会人に怪我を負わせたのだから、いつ警察沙汰にされるのか戦々恐々としているはずです」

「取材する側としては有利、という理屈ですか。一理ありますね。しかし、彼らから再度襲われる可能性だってある。それを考えに入れてないんじゃありませんか」

「そうなればしめたものですよ」

志賀は自虐の快感とともに楢崎を説き伏せる。

「星野奈々美か彼女を迫害したクラスメートによってわたしが更に大怪我を負えば、四ページくらいの記事をモノにできるでしょう」

「志賀さん、あなた自分を撒《ま》き餌《え》にしようってんですか」

「元手がかからないし、当事者目線の迫真の記事が書けます。しかも『春潮48』の独占スクープです」

呆れ顔だった楢崎は、しかしさすがに雑誌編集長だった。志賀の申し出に途中からこくこくと頷いていた。

「転んでもタダでは起きない。『週刊春潮』の副編という肩書は伊達《だて》じゃなかったようですね。いいでしょう。引き続き星野奈々美に張り付いてください」

志賀は内心でしてやったりとほくそ笑む。これで毎日奈々美の近辺をうろついても、取材目的という免罪符が得られたのだ。

「しかし、取りあえず何をするつもりですか」

犬小屋から出しても放し飼いにはしない。楢崎の手綱の締め方は堂《どう》に入《い》ったものだった。

「志賀さんが何のプランもなく渦中に飛び込むとは思えませんからね」

「取りあえず彼女たちの通っている中学校は特定できたので、校長とコンタクトを取ろうと考えています。この包帯だらけの顔を見せれば、先方も強い態度には出られないでしょう」

「強引に取材許可を得ようという肚《はら》ですか。何というか穏やかな恐喝みたいなものですね」

楢崎は物騒なことを口にするが、自分でも面白がっているのは明白だ。おそらく今までにも似たような手法でネタを取ってきたに違いない。

「しかし志賀さん。その件で『春潮48』が尻拭《しりぬぐ》いできるとは考えていないでしょうね。あくまでも自己責任の範囲で許可するんですからね」

放し飼いにしておいて、罠《わな》にかかったら見捨てるということか。徹底した冷徹な扱いは、憤りを越えてむしろ清々《すがすが》しささえ感じる。

「分かってますよ」

思いついた時から覚悟はできていた。楢崎に申し入れたのは、ただ言質を取っておきたかったからに過ぎない。

春潮社に入ってからしばらくすると、スクープを追うのが己の天職のように思えた時期がある。あの頃《ころ》は会社の利益など度外視し、己の才覚と嗅覚《きゅうかく》だけを頼りに仕事をしていた。時には編集部から先走りし過ぎるとお目玉を食らったが、夜討ち朝駆けが楽しくて仕方なかった。

走れば肋骨が悲鳴を上げ呼吸する度に鼻が痛む身体だったが、気持ちだけは若返っていた。

「貴校の在校生から暴力を受けました」

都立桜中学の庶務課にそう申し入れると、電話口から担当者の狼狽《ろうばい》ぶりが伝わってきた。相手が狼狽した時には追撃するのが常道だ。

「制服で貴校の生徒であるのは確認しています。もちろん危害を加えた生徒の顔はきっちり憶《おぼ》えています」

志賀が春潮社の社員である旨を告げると、庶務の担当者はすぐ教頭に電話を回した。狼狽ぶりはそれがピークだった。ただしこちらには警察沙汰にするつもりがないこと、あくまでも話し合いで解決したいことを申し入れると、教頭は即座に面会を了承した。

面会の相手には校長を指名した。いささか高圧的とも思ったが、こういう場合は多少面倒でもトップの人間と話をした方が後腐れもない。

国武《くにたけ》という校長は、校長室に入ってきた志賀を見るなり絶句した。テロの被害に遭ったようなご面相はここでも有益だった。

「本当に、ウチの生徒がそんな暴力を振るったのですか」

百聞は一見に如《し》かずと、志賀は医師に書いてもらった診断書を差し出した。春潮社の身分証と診断書のペアで、国武校長はいかなる疑義も封殺されてしまったかのように押し黙る。

「先に申し上げた通り、今回の暴力事件を公にするつもりはありません。どうやら彼らは全員二年生のようで、これから当然進学の話もあるでしょうし」

「お心遣い、感謝いたします。何とお礼を申し上げたらいいか」

「いや、お礼を言っていただくのはまだ早いですよ。まだこちらの要求を出していませんから」

要求と聞いて、国武校長の顔に緊張が走る。まさかこの期に及んで恐喝されるとでも思ったのだろうか。

「身構えないでください。今も申し上げた通り、子供の未来を閉ざすような真似《まね》はしません。ただ、彼らの名前を知りたいだけです」

「名前を知って、どうされるのですか」

国武校長の顔からは警戒心が消えない。学校側の管理責任ではなく、生徒とその親に直接の責任を問うつもりと捉《とら》えたのか。

「他意はありません。大人げないと思われるかもしれませんが、やはり実行者の名前くらいは知っておきたいものでしょう。繰り返しになりますが、思春期の子供は無軌道に走ることがままあります。それを責めるつもりは毛頭ないのですよ」

「保証がありますか」

「そんなものはありません。わたしを信用してもらうしかないですね。しかし彼らを糾弾するつもりなら、わざわざ校長先生に面会を求めたりしませんよ」

志賀は必要なことだけ口にすると、それきり沈黙を守ることに決めた。国武校長も口数少なだが、こういう場合は被害者の沈黙の方がより重い。加害者側はその重みに耐えきれず、やがて口を開くという寸法だ。

はたして数十秒の沈黙の後、国武校長はおそるおそるといった体で前屈《まえかが》みになった。

「その生徒たちのことを、どこまでご存じですか」

「三人ともクラスは2－Aだと思います。リーダー格の女子はエリカという名前で、彼女に従っていたのは短髪と長髪の男子でした。クラス写真か何かを拝見すれば、一発で分かると思います」

国武校長は諦《あきら》めたように嘆息すると、卓上の電話を手にした。

「角南《すなみ》先生ですか。今すぐ二年生のクラス名簿を校長室まで持ってきてくれませんか」

電話を切ってから国武校長は、角南何某《なにがし》が二年の学年主任だと説明してくれた。

「学年主任は生徒指導も兼任していましてね。問題行動を起こす生徒に関しては誰よりも詳しいです」

指揮系統が強力なのかそれとも本人が律儀なのか、角南学年主任は一分もしないうちにやってきた。

「二年学年主任の角南といいます」

中背で肉太り、体育の担任なのか上下のジャージ姿は妙に似合っていた。

「何でもウチの生徒が悪さをしたようで……」

「角南先生、こちらのお話を伺う限り、A組の小木曽恵梨香《おぎそえりか》と取り巻きの二人らしいです」

「ああ、あいつらでしたか」

角南は苦笑いを浮かべて小脇《こわき》に抱えていた名簿を差し出した。

「エリカという生徒は二年には一人だけですが、念のために確認してください」

いくら校長の指示とはいえ、易々《やすやす》と生徒の個人情報を第三者に開示していいものだろうかと、要求したはずの志賀が心配になる。「週刊春潮」の時分もそうだったのだが、教育関係者というのは押しなべて世間知らずが多く、また外部からの圧力に屈し易い印象がある。きっと外部の人間といえば親としか接触のない閉鎖的な職場だからだろう。閉鎖的だから現代の潮流にも疎《うと》く、リスクマネジメントも旧態依然としている。

名簿にはクラス毎《ごと》に生徒の写真が出席番号順に並んでいた。

エリカは確かに小木曽恵梨香に間違いなかった。

男子二人もやはり名簿の中にいた。短髪は荻原典実《おぎわらのりみ》、長髪の方は照間恭二《てるまきょうじ》という男子だった。

「その三人はドロップアウト組です」

角南はまるでプロフィールを紹介するように言う。

「二年生になってから成績がみるみるうちに悪くなりましてね。成績と同時に素行も悪くなりました」

ドロップアウトというのは成績が落ちたことを指すのか、それとも素行が悪くなったことを指すのか。どちらにしても気分の悪い話なので追及する気になれない。

「同じクラスに星野奈々美という生徒がいるでしょう。彼女とは何かトラブルがあったんですか」

「いや、特には聞いていません」

国武校長も角南も、志賀の名前を聞いて星野夫妻の事件を思い出さないように見えた。

演技であれば大したものだが、そうでないとしたらやはり世間知らずの誹《そし》りは免れない。

「素行が悪くなったというのは具体的にどういった例があったんですか」

「授業をサボる。授業に出ても妨害する。盛り場に出没する。まあ定番といったところですよ」

その程度の不良行為なら、志賀もやっていた。若気の至りや悪さ自慢をしようとは思わないが、授業妨害で不良扱いというのは少々厳格過ぎるのではないかと思う。

「三人の住所を教えてください」

志賀が更に申し出ると、二人は顔色を変えた。特に国武校長は慌てた様子で腰を低くする。

「生徒と個別に会うのは勘弁してくれませんか。治療費の請求くらいなら代わって伝えますので」

「いや、だから恐喝するつもりはないんですよ。穏便に事を済ませたいとさっきから言ってるじゃないですか」

「いや、しかし、さすがに生徒の住所までお教えするのは」

志賀がいくら言葉を重ねても、二人は納得しようとしない。当然だろうと判断する一方で、教師たちが最後の最後に見せた抵抗に苛《いら》ついた。生徒の氏名まで明らかにしておきながら住所の開示を拒むのは、ただの悪足掻《わるあが》きにしか映らなかった。

「先生方の立場も分かりますが、わたしは被害者なんです」

志賀は机上に置かれた診断書を指でこつこつと叩く。ヤクザ紛《まが》いの脅しをする予定ではなかったが、背に腹は代えられない。

「警察沙汰にしたくないという気持ちを、どうかご理解いただきたい」

国武校長と角南はいったん顔を見合わせて再び黙り込む。

二人の沈黙が承諾を意味するのは明らかだった。


小木曽恵梨香の自宅は桜中学から徒歩圏内の住宅地の中にあった。築二十年以上は経過している古いマンションの410号室。表札にも〈小木曽〉とあるので間違いない。角南の話によれば恵梨香の家は母子家庭で、母親の帰宅は大抵遅いはずだという。部屋の前で待っていると、果たして先に姿を現したのは恵梨香の方だった。

「な、何よ、あんた」

恵梨香もまた包帯姿の志賀を見て軽くのけ反っていた。案外このなりは交渉に有効なのだと、志賀はよからぬ思いを強くする。

「何だとは失礼だな。自分たちが殴る蹴るした相手くらい憶えておけ」

志賀が向き直ると、ようやく恵梨香もミイラ男の正体に気づいたようだった。

「人の家の前で何やってんのよ。大人の癖に中学生女子を待ち伏せかよ」

「往来で声を掛けられたくないだろう。待っていたのはせめてもの優しさだ」

志賀が一歩踏み出すと、恵梨香は一歩後退する。

「来るな」

「別に取って食おうってんじゃない。話をしに来たんだ」

「話すことなんてないっ」

「君になくてもこっちにある」

「損害賠償でもさせようってのかよ。生憎《あいにく》だけど、ウチにはそんなカネはないよ」

「ああ。そんなカネがあるような家には見えない。だから話し合わん限り、問題は解決しないぞ」

志賀は自分の顔を指して迫る。

「勘違いしているようだが、話すというのは文字通り意見の交換だ。中学生女子からカネをせびり取ろうとして家の前で待っていた訳じゃない」

「……何、企《たくら》んでるのよ」

「そういうのも含めて、話し合わない限りは見当をつけることもできないだろう」

折れた鼻を刺激しないようにゆっくり喋《しゃべ》ったのが功を奏したのか、恵梨香はこちらの言い分を聞く気になったようだ。

「部屋には上げないわよ」

「最初からそんなつもりはない。君だって人前で話した方が安心だろう。近くに喫茶店とかないか」

東の間恵梨香は逡巡《しゅんじゅん》していた様子だったが、やがて意を決したように回れ右をした。

「ついてきて」

志賀が連れてこられたのはハンバーガーのチェーン店だった。帰宅途中のサラリーマンや学生、中には親子連れもおり、なるほど脅し脅されという会話には不釣り合いな場所だった。

恵梨香はカウンターでセットを注文する。セットの金額でも専門店のコーヒー一杯分より安い。恵梨香のような中学生たちが根城にしているのは、それが理由だろう。志賀はコーヒーだけ注文した。

「で、話って何よ」

テーブルを挟んで、まず恵梨香が口火を切る。

「ひょっとして親と談判しようっての。だったらお生憎様。ウチの母親は交渉相手にも金《かね》蔓《づる》にもならないからムダムダムダ」

「わたしのことじゃない」

「え」

「星野奈々美に手を出すのをやめろ」

恵梨香は理解不能という顔をした。

「あのさ、昨日も思ったけど、どうしてあんたが奈々美を庇《かば》う訳？　だって二人は加害者側と被害者側でしょ」

「加害者側も被害者側もない。イジメの現場に出くわしたら止めるのが普通だ」

「変な理屈。あんただって奈々美には辛《つら》く当たられてるに決まっているのに」

「それとこれとは話が別だ」

「別じゃない」

恵梨香はハンバーガーをひと口齧《かじ》る。

「悪いヤツはどこかで罰を受けなきゃいけない」

世の中は善と悪に二分される——中学生らしい稚拙な倫理観だと思った。

だが翻《ひるがえ》って志賀はどうなのか。「週刊春潮」配属当時、先輩から『小学三年生にでも理解できる記事を書け』と言われたことがある。確かテレビ業界にも類似の話が伝わっており、言わんとしているのは読者や視聴者を小学三年生と同じ知的レベルで考えろということだ。

『小難しい理屈は要らん。とにかくワルはワルに書け。その方が分かり易いし、第一馬鹿に雑誌が売れる。大衆は馬鹿だと思っておけば間違いない』

そして実際、そういう書き方の雑誌の方が売れたので、いつしか志賀も習い性になった。何のことはない、中学生並みの稚拙な倫理観は志賀の職業倫理だった。

「悪いヤツと言ったが、星野奈々美は君にどんな悪いことをしたんだ」

「育ちの良さを鼻にかけてた」

恵梨香は咀嚼《そしやく》しながら喋る。育ちの悪さを逆に誇っているのかと思った。

「父親が文科省の役人、母親が大学の講師。いかにもカースト上位って顔で威張ってた」

「別に口に出した訳でも、それで君を差別した訳でもないだろう」

「口にしなくても態度に出てたら一緒じゃん」

「一緒にしたいだけなんじゃないのか」

　ぎろり、と恵梨香の視線が尖る。

「君が母子家庭で、色々苦労しているのは聞いた。塾に通う余裕がないから志望校を下げなきゃいけないのも聞いた。ついでに2-Aの中では母子家庭というだけでカースト下層に落とされるのも聞いた」

「喧嘩《けんか》売ってんのかよ」

「喧嘩を売っているのは君の方だ。星野奈々美は両親を殺害された被害者遺族に過ぎない。彼女をイジメの対象にしているのは、日頃の行い云々《うんぬん》じゃなくて、単に君が鬱憤《うっぷん》を晴らしたいだけの話だ。彼女を虐《いじ》めても怒鳴り込んでくる親はいない。鬱憤晴らしの相手として彼女以上に都合のいい獲物はいない。弱者の君たちでも安心して叩ける」

　恵梨香は食べていたハンバーガーを突然こちらに放り投げた。顔には当たらず、胸元《むなもと》に落ちた。

「偉そうに言ってんじゃねえよ」

「図星を指されて頭にきたか」

　志賀は落ち着き払ってコーヒーを啜《すす》る。余裕綽々《しゃくしゃく》であればあるほど恵梨香を逆上させるのは計算のうちだ。

「荻原典実くんも照間恭二くんも似たようなものだ。君たちは揃《そろ》いも揃って弱い者だ。だから自分よりも立場の弱い者を虐めずにはいられない。カーストなんて何でもそうだが、下層の者はより下層の者を見下すことで精神の均衡を保っている。まあ、そんな体《てい》だから下層と呼ばれて腹が立つんだろうが」

「好き勝手言って面白いか」

恵梨香は腰を浮かしかけていた。あとひと押しすれば、今度はコーヒーを掛けてくるに違いない。

「あんた、有名な出版社の社員なんだろ。どうせいい大学出てるんだろ。今まで挫《ざ》折《せつ》とか差別とか味わったこと、ないだろ」

「その代わり、息子が人殺しだ」

恵梨香の表情が凝固する。

「中学生の君と比べるつもりもないが、失ったものは大きかった。社会的な信用と地位。もちろん家族を失ったことが一番大きい」

「……別に、あんたやあんたの家族をディスった憶えはないけど」

「わたしを非難しなくても、身近な誰かを非難すれば同じだ。改めて聞くが、弱っている人間を叩いて楽しいか。それで君が得るものはあるのか」

「関係ねえだろ」

「関係なくはない。真っ当な人間なら、他人を叩けば手が痛くなる。言葉だって同じだ。汚い言葉を吐けば自己嫌悪に陥る。人を蔑《さげす》んでいっときは胸がすっとするかもしれんが、結局は後味の悪さが残る。つまり得るものなんて何もない。それどころか人として大切なものを更に失うだけだ」

「今度はお説教かよ」

説教ではなく自戒だった。

「説教だと思いたければ思うがいい。ついでに、どうしていとも容易《たやす》く他人を攻撃できるかも説明してやる」

「いいよ」

「聞け。説明されたら少しはそんな気も失《う》せる」

志賀は徐《おもむろ》に包帯を解《ほど》き始めた。恵梨香は何事が始まったのかと口も手も止めていた。動きを止めたのは彼女だけではない。周囲にいた何人かの客も興味を覚えた様子で二人に注目している。

包帯を全《すべ》て解き、鼻を護っていた絆創膏《ばんそうこう》も外して見せた。

その瞬間、辺りはしんと静まり返った。正面にいた恵梨香は浮かしかけていた腰をすとんと落とし、こちらの鼻辺りに視線を釘《くぎ》づけにしている。

彼女の顔が恐怖と嫌悪に歪《ゆが》む。志賀自身は見ていないが、昨日折られたばかりの鼻だ。おそらく食い物を扱う店の中で開陳《かいちん》していい代物ではないのだろう。

「傷つけられたら当然こうなる。他人を無責任に傷つけて平然としていられるのは傷口が見えないからだ。痛いことに想像が及ばないからだ。もちろん傷つくのは肉体だけじゃない。心もだ」

恵梨香の手首を摑《つか》み、鼻に触れさせようとする。意図を察した恵梨香は短く叫んで志賀の手を払い除《の》ける。

「君だって母子家庭がどうのと言われた時には痛かったはずだ。その痛みを思い出してくれればいい。もう、星野奈々美を傷つけないでくれ」

志賀は絆創膏と包帯を元通りに戻すと、席を立った。周囲の客たちは弾《はじ》かれたように道を譲る。

恵梨香たちに会おうとしたのは報復するためではなく、憎しみの連鎖を断ち切るためだった。しかし己の恥を晒《さら》しても、彼女たちの嗜虐心を粉砕できたかどうかは心許《こころもと》なかった。

勝利感など微塵《みじん》もなく、ただ羞恥《しゅうち》と無力感だけが残った。

## 2

翌日も、志賀は下校時間の迫った桜中学を張っていた。

恵梨香を説得できたかは保証しかねる。またぞろ三人組が奈々美を襲撃しないとも限らないので、陰ながら彼女を警護するつもりだった。

中年男が十四歳の警護をする図など、妄想じみたストーカーのようだと自虐したくなるが、それでも奈々美がクラスメートたちに囲まれている光景を想像すると居ても立っても居られなかった。

前回は裏口を出て恵梨香たちに襲われた。しかし、だからと言って奈々美が正門から出てくるとは限らない。志賀は正門と裏口を同時に見張れるスポットを探さなければならなかった。こんな時、対象者を夜討ち朝駆けしていた頃の経験が生きた。校舎から五十メートル離れた場所に建つ雑居ビルを見つけた。非常階段の六階部分から双眼鏡を構えると、両方の出口からの人の行き来が確認できた。

午後五時三十分、正門に奈々美が姿を現した。志賀はすぐに非常階段を下り始めた。普通に歩く分には支障ないが、階段の上り下りで体重が掛かる度に罅《ひび》の入った肋骨《ろっこつ》が痛む。堪《こら》えながら階段を下り、いったいこれは何の罰なのだろうかと考える。

ようやく下まで到着すると、奈々美の背中は通学路の彼方《かなた》で小さくなっていた。彼女の無事が確認できるのなら多少は離れていても構わない。志賀は奈々美との間隔を保ったまま尾行を開始した。奈々美がゆっくり歩いてくれるので助かる。小走りでもされたら、こちらは肋骨の痛みに耐えながら追いかけなければならない。

それにしても何と小さな後ろ姿だろう。少し俯《うつむ》き気味であるのも手伝って、心細げに見える。

彼女は十四歳なのだと改めて思い知る。高校進学はもちろん、友人や気になる異性、学業以外のこと。志賀にもあの頃の記憶がある。抱えきれないほどの希望や絶望、楽しみと落胆の繰り返しで一日があっという間だった。負けることなど考えもせず、全能感と劣等感の狭間《はざま》でいつもきりきり舞いしていた。

時代が変わっても、十四歳の考えることに大差はない。あの小さな背中には色んな思いが乗っているはずだった。

だが十四歳の志賀と奈々美には誤魔化しようのない相違がある。彼女は両親を殺されたばかりなのだ。それが奈々美の背中にどれだけの負担になっているのか、志賀には想像すらできない。

唐突に志賀は中学生時代の健輔を思い出す。たまの休みに顔を合わせるだけだったが、屈託なく笑う少年の顔が含羞《がんしゅう》を帯びたのも反抗心が覗《のぞ》くようになったのも、やはり十四歳の頃だった。

月曜日から土曜日まで働きづめで碌《ろく》に相手もしてやれなかった。もしあの時、もっと言葉を交わしていたら今回の事件を避けられたのだろうか。健輔の変調を感知して、事件が起きる前に対処できていただろうか——。

駄目だ。

思考回路がよくない方向に働いている。過去に遡《さかのぼ》らなければ解決できない問題に悩み始めるのは鬱の傾向だ。

雑念を払うように頭を振ると、視線の先に異変が生じた。

真《ま》っ直《す》ぐ歩いていた奈々美の身体がいきなり脇道に消えたのだ。

少し遅れて志賀は駆け出した。徒《いたずら》に距離を取っていたのが災いした。走る度に罅の入った肋骨が悲鳴を上げる。全力疾走は不可能だった。十歩ほど走っては緩め、また駆け出す。

間に合え。

間に合ってくれ。

ぜいぜいと息を切らして到着すると、奈々美は二人組に退路を断たれていた。予想した通り荻原典実と照間恭二だった。

最初に志賀を認めたのは典実だった。

「げ。何だよ、不審者かよ」

ああ、こんな風体ではそう思われても仕方ないか。

「オジサン」

「彼女から離れろ」

声でようやく包帯の下が分かったらしい。恭二はうんざりしたように舌を出した。

「懲りないなあ、オッサン。一昨日《おととい》、痛い目に遭ったばかりだろ」

ざっと辺りを見回したが恵梨香の姿は見当たらない。

「今日はお前たちだけか」

「恵梨香のこと言ってんのか。けっ、自分で脅しておいてよく言うよな」

恭二の声に反応したのは奈々美だった。

「脅した？」

「ああ。このオッサンはよ、昨夜恵梨香と会ってお前に手を出すなって脅かしたらしい。どんな風に脅したかは言わなかったけどよ、お蔭《かげ》であいつビビっちまって戦線離脱しやがった」

志賀は内心で胸を撫《な》で下ろす。

少なくとも恵梨香を脅したんなら、自分の願いを聞き届けてくれたらしい。

「恵梨香を脅したんなら、もう無関係じゃないよな」

「逃げて。オジサンっ」

典実は宣言すると同時に右足で蹴ってきた。志賀は何とか身を翻して第一撃を躱《かわ》したが、それを黙って見ている恭二ではなかった。

「注意散漫っ」

事もあろうに鼻を目掛けて拳《こぶし》を繰り出してきた。

目の前で肉と骨の砕ける音がした。

脳髄《のうずい》に杭《くい》を打たれるような衝撃が走り、一瞬視界が真っ暗になる。

堪《たま》らず志賀は鼻を押さえて地べたに突っ伏す。

忘れていた。

ガキは純粋に残酷だった。こちらの怪我を慮《おもんぱか》ることも、最低限のルールを護ることも頭にない。

「ひゃっほーっ」

蹲《うずくま》った志賀を典実の蹴りが襲う。コルセットは鎧《よろい》ではない。渾身《こんしん》の力が腹と胸を襲い、志賀は身体を丸めるのがやっとだった。

「どうしたよ。恵梨香にやったみたいに俺たちも脅してみろよ」

「少しは反撃してみろや」

反撃か。

怪我をしていても大人だ。死ぬ気で立ち向かえば一矢も二矢も報いることができるだろう。上手くすれば腕の一本くらいは折ってやれるかもしれない。

だが、それは志賀の本意ではない。

暴力を殺《そ》ぐための暴力。

悪意を駆逐するための悪意。

そういうものを奈々美の前で見せるつもりはなかった。

気がつくと顔の中心が濡《ぬ》れてきた。両手を開くとべっとりと血で染まっていた。

ゆっくりと面を上げ、恭二と典実に向ける。

「うわ」

よほどひどい有様だったらしく、典実は露骨に顔を顰《しか》めた。

「まだ、やるか」

鼻が潰《つぶ》れているため、まともに声が出ない。それでも意味は通じたらしく、二人の顔には動揺が広がる。

「もう一発、くるか。それとも、この顔を、ネットに、拡散させるか」

志賀が一歩踏み出すと二人は後退し、やがてその場から逃げ出した。

危機が去ると、全身に張っていた気が一斉に抜けた。志賀は空気の抜けた風船のように、その場に腰を落とす。

「オジサンっ」

奈々美は駆け寄ってきたものの、どこに触れていいのか戸惑っているようだった。

「怪我は、ないか」

「こっちの台詞《せりふ》」

束の間躊躇《ちゅうちょ》した挙句、奈々美は腋《わき》に手を入れて志賀の身体を持ち上げようとした。

「立てる？　歩ける？」

「どうかな」

「少し頑張りなよ。あたしの家、近いから」

「いや、もう、今日のところは、大丈夫、だろう。タクシーさえ呼んでくれたら」

「呼ぶのは救急車。でも、応急処置が先」

幸いダメージを受けたのは顔面と上半身だけだったので、何とか自力で立ち上がる。

「上手く、喋れないから、代わりに電話、してくれないか」

志賀から受け取ったスマートフォンで職員に容態を伝えると、奈々美は志賀を背負おうとした。

「いい、一人で、歩ける」

「そういう強がりは出血を止めてからにして」

言われて初めて気がついた。アスファルトの上にはぽたりぽたりと血が滴り落ちている。

鼻の血管は細いので切れやすいのは知っていたが、それを差し引いてもずいぶんな出血だった。

「ほらっ」

奈々美が差し出したハンカチが見る間に赤く染まっていく。止まる気配がまるでなく、さすがに気が遠くなり始めた。

星野宅に着くなり、奈々美は志賀を上がり框《がまち》に座らせ、自分は奥の部屋から救急箱を抱えて帰ってきた。救急箱を見るのは久しぶりだという場違いな感想が浮かんだ。

「じっと。じっとしててっ」

包帯に伸びた指が細かく震えていた。邪魔をすると悲惨な結果になりそうなので、黙って従うことにした。

包帯までは辛《かろ》うじて我慢できた。だが絆創膏を剝《は》がす段になって、奈々美が怖気《おじけ》づいた。捲《めく》った端が既に血塗《ちまみ》れだった。

「自分で、やる」

「無理」

元々強情なのか、奈々美はこちらの手を押さえたまま、静かに作業を続ける。なるほど自分では無理な作業だった。絆創膏が剝がれる場所から激痛が広がっていく。なけなしの自尊心がなければ身も世もなく絶叫したいところだ。

応急処置だから消毒して真《ま》っ新《さら》の絆創膏と包帯に換えるくらいしかすることがない。それでも痛みは相当なもので、一分が十分にも感じられた。

何とか包帯を巻き終えると、奈々美は志賀の上着を引っ張った。

「どうせ救急車を待つなら、椅子に座って待ってなよ」

引っ張られるままキッチンに連れていかれた。半ば強引に椅子に座らされると、目の前にコップを置かれた。

「水くらいは飲めるよね」

鼻から息ができなかったが、喉《のど》が渇いていたのでコップの水をちびちびと飲む。喉を湿らせると少しだけ人心地がついた。

「……今日も尾行《つけ》てたの」

否定しても仕方がないので小さく頷いてみせた。

「キメえ。それじゃあ息子と同じストーカーじゃん」

「何とでも、言え」

「どうしてそんな真似するのよ」

「編集部に、そう伝えている」

「はあ？」

「奈々美ちゃんに密着取材をする。それがわたしの、当面の仕事だ」

「何だ。ストーカーじゃなくてパパラッチだったか」

「言葉の使い方が、違う。あれは、セレブを対象としている」

「セレブでなくても有名人よ」

奈々美は玄関の方を指差す。

「ご近所でドアに落書きがあるのはウチだけ。もう目立って目立って。初めての人でもナビなしで辿《たど》り着けるよ」

「ウチもそうだ」

奈々美に喋らせておくのが忍びなく、志賀も対抗する。

「消しても消しても、次の日に帰ってくるとドアが落書きだらけになっている。あの熱心さには頭が下がる」

「ホント、そうよね。書いた本人見つけたら皆勤賞でもあげたくなる」

「ペンキと一緒にな。正直、ドアの見栄えなんかどうでもいい。ラッカー系の塗料で書くものだからシンナーの臭《にお》いが染みついている。そっちの方が数段辛い」

「そうそう、玄関に立っているだけで目と鼻が痛くなって……」

奈々美の言葉が尻切れトンボになる。いつの間にか話が弾んだことに嫌悪している様子がありありだった。

「あたし、何でこんな話してるんだろ」

ひと時和んだように思えた空気が再び張り詰めていく。

窓の外には闇が広がり、やがて救急車のサイレンが近づいてきた。

# 3

「本当に懲りない人ですね、あなたは」

奈々美の家で寛《くつろ》ぐ間もなく志賀は救急車で運ばれたが、担当は前回と同じ医師だった。医師の呆れ顔を見ながら大した偶然だと感心していたが、よくよく考えれば偶然でもなんでもない。救急車を呼んだのは同じ地区だから当然同じ救急センターに搬送されるだろうし、前のカルテが残っているならやはり同じ医師にお鉢が回ってくるのも当然だった。

「前回も言いましたけどね、オヤジ狩りに遭ったのが恥ずかしいからといって黙ってちゃいけないですよ。現にこうしてあなたは二度も襲撃された。あなた以外に被害者がいる可能性も大きい。少年たちを増長させているとしたら、あなたにも責任の一端がある」

修復しかけていた鼻梁《びりょう》が再び崩れたのが許せないのか、医師は一端どころか責任の全ては志賀に帰するとでも言いたげだった。

「石段で転倒したとか、あからさまな嘘《うそ》はもうやめてください。あなたが少年たちに慈悲の心を持っているとか臆病《おくびょう》だとかは関係ない。どうか警察に被害届を出してほしい」

あまりに一方的な物言いだったが医師の顔は真剣そのもので、自分なりの正義感に突き動かされているらしい。

本人が正義と思い込んでいる行動ほど傍迷惑《はためいわく》なものはない。健輔が死に、志賀自らが世間とマスコミの好餌《こうじ》にされた時から嫌というほど見聞きした。およそ普通の生活をしていて、本当に正義を問われる場面などそうそうない。多くの者が掲げる正義というのは、ただ他人を攻撃したいがための大義名分なのではないか。

「慈悲とか臆病とかじゃないんです」

志賀は言葉を選びながら抗弁する。

「先生は信じていないみたいですけど、結局は身から出た錆《さび》みたいなものなんです。自分にとっては恥で、そんなことをわざわざ警察に知らせたくないし、記録にも残したくないんですよ」

「それは自分本位というものです」

ゆっくりとだが医師の言説はあらぬ方向に向かい始めている。これもまた志賀が思い知った正義の胡乱《うろん》さだ。正しいことは一つしかないと信じているので、障害となるものをことごとく薙《な》ぎ倒していく。薙ぎ倒されるものの心根は一顧《いっこ》だにしないままにだ。

「怪我をしたのはわたしなんですから、わたしの好きにさせてもらえませんか」

「生憎、もう通報しましたよ」

医師は傲然《ごうぜん》と言い放つ。自分の厚意に感謝しろというような顔だった。

「そんな」

「わたしの独断ではなく、当病院のマニュアルなんです。事件性の疑いがある外来患者に関しては、警察に通報する決まりになっています」

本人が原因を申告したがらない怪我の陰には犯罪が潜んでいる――いささか陳腐な発想

だが、犯罪の早期発見という観点からは有効なのだろう。だが、自分に関しては放置してほしかった。

「もうじき担当の刑事さんがやってくるので、是非事情聴取に応じてください」

医師は有無を言わさず、志賀を被害者に仕立てようとする。被害者であるのは間違いないが、強制されれば反抗したくなる。

これもかたちを変えた暴力だ。お前のためだからという理由を建前に手前の破壊衝動・嗜虐欲《しぎゃくよく》を満足させたいだけだ。

「警察には、もううんざりなんですよ」

「もう、とはどういう意味ですか。以前も警察のお世話になったように聞こえますが」

「あまり、こっちの事情に触れてほしくありませんね。先生にはお世話になりましたが、私生活まで面倒をみてくれと言った憶えはありません」

「何度もいいますが、これはあなた一人の問題じゃない。医療機関と司法が一体となって取り組むべき問題だ」

いい加減にしてくれ、と叫びそうになるのを何とか堪える。

「治療してくれたことには感謝します。でも失礼ですが、先生に治せるのは身体だけです。世にはびこる悪習や個人の精神的欠陥を治せる訳じゃありません」

あなたも自分を疑ってみればいいと含んでおいたが、おそらく医師は気づいてくれないだろう。とにかく一刻も早く救急センターから抜け出た方が得策だ。

「どうもありがとうございました」

慌しく礼を言い、席を立ったその時だった。

「志賀さん、まだ行かないでください」

突然、診察室に現れた男が志賀の行く手を阻んだ。

葛城だった。

「葛城さん。どうしてあなたが」

「こちらから通報が入りました。志賀さんの名前があったので僕の部署に回されたんですよ」

回されたと言いながら迷惑そうな素振りは露ほども見せない。相変わらずの人の良さに、ささくれ立っていた気持ちが和む。

「じゃあ刑事さん、後はよろしく」

自分はお役御免だとばかり、医師は志賀を葛城に任せて診察室を辞去する。まるで被疑者を警察に引き渡したというような態度が、また癪《しゃく》に障った。

診察室は臨時の取調室に変わったようだ。ある程度の防音がされて余人を交えないというなら、確かに取り調べには打ってつけの部屋と言えた。

「通報されたことにお腹立ちだと思いますが、先生も良かれと思ってしたことです。責めないでください」

「責めるつもりはありません。ただ迷惑というだけです。いったい人間というのは、一方的な正義とか親切とか義務感とかを発揮せずにはいられないんですかね。こちらの迷惑なんて毛頭考えていない」

「得てして善意というのは一方的なものですよ。自分が当事者ではありませんから」

おや、と思った。

始終温和な顔をしているが、彼なりに善人の悪意を知っているとみえる。

「それにしても派手にやられましたねえ。そんな鼻では息をするのも辛《つら》いでしょう」

「お蔭で鼻息が荒くならずに済みます」

「通報はオヤジ狩りに遭ったとの内容でした。実際にそうなんですか。断っておきますが、警察官に対して医者と同じ言い訳はしないでくださいよ」

医者よりも観察力に優れていると嘯《うそぶ》くつもりなのか。志賀はわずかに身構えたが、葛城は気負う素振りもなく視線を向けてくる。

「コルセットに入った罅といい、鼻の折れ具合といい、明らかに殴られた痕《あと》です。伊達にいくつも傷害事件を扱ってきた訳じゃないんです」

「いや、これは」

「おまけに志賀さんは反撃もせず、されるがままになっている。相手は反撃するのが憚《はばか》られる人物だったみたいですね」

ぎょっとした。

「どうしてそんなことが分かるんですか」

「否定はしないんですね。だって志賀さんの手は両方とも無傷じゃないですか。素手で人を殴ると、大抵は拳を傷めるものなんです」

指摘され、志賀は己の両手をまじまじと眺める。

「反撃しなかったのなら、ほぼ袋叩きの状態だったはずです。よく堪えましたね。相手は奈々美ちゃんにちょっかいを出そうとしていましたか」

「彼女から殴られたとは考えないんですね」

「彼女に成人男性の鼻骨を折るような力はありませんよ。さあ、もういいでしょう。襲われた時の状況を教えてください」

どうやら医者よりも騙《だま》しにくいのは本当らしい。妙に勘繰られても嫌なので、志賀はぽつりぽつりと荻原典実と照間恭二に殴られたことを話し始める。

状況をすっかり聞き終えた葛城は半ば感心半ば抗議するかのように嘆息した。

「現時点で彼女を護るのは警察官に任せてくれとお願いしたのに」

「彼女を護るのは大人全員の役目とも言いましたよね。その時、近くにお巡《まわ》りさんはいなかった」

「そこを突かれると痛いなあ。でもお話を伺う限り、志賀さんは奈々美ちゃんの親衛隊を任じているみたいですね」

「彼女を一人にしておくのは危険なんです」

口にしてから、被害者遺族が誹謗《ひぼう》中傷の的になるような国は果たして健全なのかと思う。

今までに散々、加害者家族と被害者遺族双方の情報を提供してきた自分が憤るのもお門違いだが、弱者に不寛容な社会はどこか病んでいる。

「イジメに加担した彼らを訴えようとしないのは、憎しみの連鎖を恐《おそ》れてのことですか」

「彼らに殴った痕を見せつけると、多少は怯《ひる》んでくれたようです。想像力が貧困だったら、自分たちのしでかした現実を見せてやればいい」

「理屈は正しいと思いますけど、身体を張った教訓もいいところじゃないですか」

「口で言って聞くような手合いじゃなかった」

やれやれというように葛城は首を横に振る。

「志賀さんの騎士道精神には感心しますけど、もう無茶な真似はやめてください。これ以上事件が増えたら、肝心の星野夫婦殺害事件に注力できなくなります」

「葛城さんはまだ捜査を続けているんでしたね。その後、進展はありましたか」

「捜査情報を教える訳にはいきませんよ」

「ここまで身体を張った関係者にも、ですか」

「うーん、マスコミ関係の人って、本当に転んでもタダじゃ起きないですね。前回、健輔くんの性格から星野希久子さんと無理心中を図ったという解釈には違和感があると言いました。実は、その違和感が未《いま》だに払拭《ふっしょく》できていません」

志賀は少なからず感謝した。世間やマスコミが健輔を犯人扱いしても、葛城は未だに執念を燃やしてくれている。

「何故《なぜ》払拭できないかというと、そもそも犯行現場が星野宅だからなんです。仮に健輔くんが希久子さんとの無理心中を図っていたとしたら、どうして夫の隆一氏まで巻き込む必要があったのか。日頃から彼女をストーカーしていたのなら大学から自宅までの経路も把握しており、それこそ二人きりになるチャンスもあったはずです。第一、自宅には当然家人が居る可能性が高い。家人が居れば希久子さんと無理心中できる確率は小さくなる一方です」

指摘されてみれば確かにその通りだった。

「凶器はともかく、玄関ドアのスペアキーを用意していたのも不自然です。まるで予《あらかじ》め相手方の自宅を凶行場所に選んでいたようで、これも無理心中という目的からは逸脱した行為です」

「じゃあ、息子は犯人じゃないと」

「結論を急がないでください。僕が腑《ふ》に落ちないのは無理心中という見方についてです。申し訳ないのですけど、健輔くんが犯人であるという前提はいささかも揺らぎません」

いったん膨らみかけた期待が、すぐに萎《しぼ》む。葛城は志賀の気持ちを知ってか知らでか、気遣わしげにこちらを覗き込む。

「いずれにしても志賀さん。犯行の動機が何であったかというのは重要だと思いませんか」

「健輔はもう死んでいます」

「死んだ人にも名誉があります。彼が何を思い、どんな目的で星野宅に押し入ったのか。ただ希久子さんと無理心中するためだったのか、それとも別の動機があったのか、あなたは関心ありませんか」

答えるまでもなかった。

息子の名誉を回復するのに関心がない父親がいるものか。

「繰り返しますが、捜査情報に関する事項なので、たとえ志賀さんにも僕がどこでどんな捜査をし、どんな情報を得たのかを教えることはできません」

「そうでしょうね」

「ですが、人間の情報はその生活圏の中に集中しています。そう考えれば志賀さんが赴く場所は自《おの》ずと明らかじゃないでしょうか」

必要にして充分なヒントだ。志賀は感謝の意味で軽く一礼する。

「報道関係とはいえ、志賀さんは被疑者の関係者です。くれぐれも我々の捜査の妨げになる行いは慎んでください」

これほどヒントを与えておきながら今更だとは思ったが、最後の言葉は要するに免罪符なのだろうと解釈した。

一晩、痛みに眠りを妨げられた志賀は、翌日、神田神保町《かんだじんぼうちょう》へと向かった。駿河台下《するがだいした》の交差点を北に直進すると、そこは長い坂道の途中に数多《あまた》の大学キャンパスと附属病院の建ち並ぶ小規模な学園都市だ。点在する定食屋や楽器屋も明らかに学生客をターゲットにしている。

志賀はその中の一つ、健輔が通っていた東朋大を目指していた。健輔は二年生だったので一般教養課程だったが、来年からは専門教育課程に進むはずだった。ただし健輔が何を目指し、どんな専門課程に進もうとしていたのか志賀は知らない。

希望している職種も将来の夢も、こちらから問い質《ただ》したことはない。大学三年になれば黙っていても健輔の方から相談なり意思表示があるはずだったし、第一健輔の進路は母親の鞠子が把握して志賀に伝えてくれる手筈《てはず》だったのだ。

健輔が死に鞠子とも疎遠になると、改めて志賀は息子について認識している事柄が極端に少ないことを思い知らされる。自分が特別無関心とまでは思わないが、果たして平均的な父親かと問われると自信がない。

いや、そもそも子供の将来や希望を母親に任せきりという時点で、親として失格なのではないか。自分は働いて給料を家に入れているというのは単なる言い訳で、慣れない面倒な仕事をしたくなくて、慣れた面倒ではない仕事に逃げているだけではないのか。

東朋大の正門前に立った瞬間、志賀は父親としての至らなさに自分が情けなくなった。

いつ頃からか、健輔は自分の夢について志賀と語ることをやめた。当時は自立したのだと受け取っていたが、今にして考えれば父親に相談しても仕方がないと、愛想を尽かしていただけかもしれない。何のことはない、それではただ家にカネを入れるだけの同居人ではないか。

どうして息子と向き合おうとしなかったのだろう。どうしてたった数分の話し合う時間を作ろうとしなかったのだろう。

己の情けなさと健輔に対する面目なさで身が縮まりそうだった。

正門前で立ち尽くしていると、出入りする学生たちがじろじろと不審げな視線を浴びせてくる。志賀は雑念を払うように首を二、三度振ると、気を取り直して敷地に足を踏み入れる。

既に正門前で立っていた時から感じていた居心地悪さが、敷地に入った途端に倍加した。理由は薄々分かっている。包帯だらけのご面相もさることながら、この地は学生たちの領分だ。教職員以外の大人は異物でしかない。

疎外感に堪えながら学生課を訪ねる。健輔がどの講義を受け、どの教授に教えてもらい、どんな仲間と一緒にいたのか。全てを探るのは困難としても、取っ掛かりくらいは摑めるだろう。何しろ大学における健輔のことは何一つ知らないのだから。

学生課長は増尾《ますお》という初老の男で、志賀が健輔の父親であるのを知ると大層驚いた様子だった。

「この度はその、大変なというか、ご愁傷様というか、あの」

「お気遣いは結構ですよ。息子があんな事件を起こしたのだから門前払いをされても文句も言えません」

「門前払いだなんてそんな……まあ、確かに騒ぎにはなりました。本学の正門は言うに及ばず裏口にまで取材陣が押し寄せてきて、講義どころの話じゃなかったんです。出入りする学生には誰彼構わずマイクを向けるし、代表番号のある学生課の電話は一時パンクする羽目になるし」

「色々とご迷惑をおかけしたようで申し訳ありません」

自然に頭が下がった。健輔の事件以来、毎日のように低頭しているので、すっかり板についた感さえある。

「いやいや、息子さんもお亡くなりになって、志賀さんもお辛いでしょうに。しかし除籍にはなっていないので息子さんの記録はひと通り残っていますが、いったい何をお調べになりたいのですか」

「記録されているものはもちろん、息子の交友関係を知りたいのです」

健輔の葬儀に友人は同じサークルの喜納みちるしか参列しなかった。たとえ友人だろうと、大学講師とその夫を殺害した犯人の葬儀に参列して後から非難されるのを恐れたのだろう。しかもあの場は気持ちが消沈していたせいで、みちるにサークル名を尋ねることさえ忘れていた。だから志賀には参列者から交友関係を探る術《すべ》がなかった。

「交友関係ですか。まあひと口に社会学部といっても学生の数が多くて、とても一人一人を把握する訳には。一般教養の講義では多くて二百人もの聴講生が参加しますし、サークルは自由参加ということもあって学生課でもチェックしていません」

増尾は携えてきた学籍簿を片手に首を傾《かし》げる。

「そうでしょうね」

「でも同じゼミの学生なら知っているかもしれません」

「ゼミ。しかし息子はまだ二年生でしたよ。ゼミは三年生からじゃないんですか」

「ああ、二十年前は本学も一般教養課程と専門教育課程をはっきり分けておったらしいですが、平成三年に大学設置基準が大綱になってからは専門課程を二年生からでも受講できるようになったんです」

初耳だったが、これも健輔本人や鞠子から聞いていたら済んでいた話なのだろう。

「息子は何を専攻していたのでしょう」

「ええっと、ちょっと待ってください」

増尾は学籍簿を開き、健輔の記載欄を繰っているようだった。

「記録によれば青年心理学を専攻されていましたね」

「青年心理学。ではゼミの先生は」

「ゼミを受け持っていたのは亡くなった星野先生でした」

健輔が希久子に恋心を抱くようになった過程は、容易に想像できる。ゼミの講師と学生。何度も顔を合わせ言葉を交わすうちに、憧憬《どうけい》が思慕に変わる。よくある話だ。

「誰とでも打ち解ける、とてもとてもいい先生でした」

増尾は在りし日の希久子を思い描いてか、懐かしそうに目を細める。

「自分のゼミの学生に対しては殊の外親密で、星野先生のゼミはまるで家族みたいだと評する先生もいたくらいです。大勢の人から好かれていましたなあ」

「では星野先生亡き今は、ゼミも自然消滅したんですね」

「いや青年心理学のゼミ自体はなくなっていませんよ。星野先生の跡を堂前《どうまえ》という他の先生が受け継いで、学生たちもそのまま受講しています」

増尾はさも当然のように言う。本人は気づかない様子だが、どれだけ人に好かれた講師であっても替えはいるのだと嘯《うそぶ》いているようなものだった。

「ゼミの学生たちに会えますか」

「ちょうど今から二時間後に当該ゼミが開講する予定になっていますね。ゼミを潰す訳にはいきませんが、その前後に時間を作れるかもしれません。堂前先生と相談してみますので、少しお待ちいただけますか」

志賀を気の毒がってか、増尾の動きは早かった。すぐに携帯端末で堂前と連絡を取ったかと思うと、ゼミの学生全員に通知を発信したのだ。

結局、ゼミの前に三十分の時間を設け、かつての星野ゼミにいた学生たちを招集することになった。

「場所は西棟の三号教室が空いています。よろしければ、そこをお使いください」

指定された教室は、なるほどこぢんまりとしていて少人数で話し合うにはうってつけの広さだった。志賀が事前に待っていると、一人二人と学生たちが集まってきた。皆、志賀が健輔の父親だと知らされているせいか、初めて顔を合わせる際には、責めるとも同情するとも取れる表情を浮かべていた。怪我をしているので尚更だろう。

約束された時間に集まったのは四人の男女だった。志賀が自己紹介すると、最初に三年生の久石三鈴《ひさいしみすず》が軽く一礼した。

「この度は健輔くんがあんなことになって、とても残念です」

「息子がお世話になっていたようで」

「お世話も何も。健輔くんはムードメーカーだったので、一緒にいて助かることが多かったんです」

「確かにムードメーカーだったけど、あいつも無理をしてたんだと思うよ」

異議を唱えたのは同じく三年の桐野慎《きりのまこと》だ。

「サシで話してみると分かるけど、健輔って結構脆《もろ》いところがあって、決して皆の先頭で旗振るようなタイプじゃない。でもゼミのメンツ眺めてもお調子者が見当たらないから、あいつがその役を買って出たっていう印象がある」

「それ、ワタシもそう思いました」

同意を示したのは留学生二年の陳修然《チエンシウラン》だった。

「健輔サン、よく皆を笑わせようとしたけど、半分以上スベってました。あれは人を笑わせるのに慣れていない人の話し方でした。でも一生懸命なのが分かるので、ワタシたちは健輔サンが大好きでした」

　家の中で顔を合わせる健輔は、どちらかといえば気難しい印象しかなかったので、学生たちの話は意外だった。大学に入ってから変わったのか、それとも父親に観察力がなかったのか。

「自己犠牲の伴うムードメーカー。でも、あれってゼミの雰囲気をよくするためじゃなくって、星野先生の歓心を得るためじゃなかったのかな」

　心温まる話に水を差したのは、やはり二年生の橋詰朋美《はしづめともみ》だった。朋美はただ一人、最初から志賀を睨んでいる参加者だった。

「わたしたちと話している時だって、ちょくちょく星野先生の方をチラ見してたでしょ。何かさ、青年心理学を学ぶよりも、星野先生と親しくなるのが目的だったかもしれない」

「おい、よせって。親父《おやじ》さんの前なんだぞ」

「桐野先輩はそう言いますけど、だったら志賀くんにその気がなかったって言いきれますか。星野先生はインスタグラムを開設していたんだけど、志賀くんはそれをフォローしていて、彼のスマホは星野先生の画像も満載で、しかも結局はストーカー殺人まで起こして」

「やめろって」

「やめない。ねえ、どうしてみんな借りてきた猫みたいにしてるんですか。星野先生は殺されたんですよ。物腰が柔らかいのに話すことには一本筋が通っていて、たくさんの学生が尊敬していた。密《ひそ》かにファンクラブみたいなものまでありました。あたしも大好きでした。そんな星野先生を志賀くんが」

「あのね、朋美ちゃん。志賀さん、そんなことを聞くためにわたしたちに会っている訳じゃないのよ。志賀さんは彼の交友関係が知りたくて、大学までやってきたんだから」

「ダチっていうのなら、ゼミ仲間以外の付き合いはサークルぐらいしか聞いたことがないな。あいつ、メシ食う時は大抵俺《おれ》とか久石とかが一緒だったし、あいつがゼミ仲間以外の人間とつるんでるのを見たことがない」

「うん。ムードメーカーではあったけど社交的ではなかったよね。友だち欲しいってアピるタイプでもなかったし、どちらかというと孤独を愛するタイプ」

「星野先生に気がいって、他の学生とつるむ暇がなかったんですよ」

朋美はどこまでも健輔に辛辣《しんらつ》だった。

「あたしは最初から気づいてましたけどね」

「嘘吐《つ》け。お前だって最初は健輔にべったりだったじゃないか」

「そんなことはありませんっ」

朋美は慌てた様子で否定する。

「でもまあ、志賀くんに友人が少なかったのは事実です。ちょい、他人を下に見るような根の暗い一面もあったし」

「根が暗い？　あいつがか？　いったいどんな目で見たらそうなるんだよ」

「桐野先輩は人の暗黒面を見ようとしないからですよ。憶えてませんか。ゼミの最初の集まり、何かの弾みでみんなが親の職業をカミングアウトする羽目になって、その時も最後の最後まで志賀くんは口を割ろうとしなかったじゃないですか。後で散々問い詰めたらやっとマスコミ関係者、それも天下の春潮社だと白状して……」

朋美はそこで志賀の存在を思い出したらしく、途中で気まずそうに口を噤《つぐ》んだ。

一応、春潮社は有名な出版社だが、だからといって社員全員がエリートで高給取りとは限らない。しかし一般人や就職を控えた学生には何某《なにがし》かのフィルターが掛かるのだろう。志賀自身がそうした誤解じみた羨望《せんぼう》を浴びた経験があるので理解できる。

これは健輔の名誉のためにも説明を加えるべきだろう。

「健輔はわたしの職業を誇りには思っていなかったようです」

志賀が打ち明けると、四人は意外そうにこちらを見た。

「政治家・芸能人といった著名人のスキャンダルを暴くのは卜《ぼく》賤《せん》な商売だと見ていたフシがあります。だから親の職業を明かそうとしなかったのは優越感からではなく、純然たる劣等感からだったのではないでしょうか」

「劣等感ですか。まあ何につけ鼻にかけるような男じゃなかったよな」

「逆に健輔サンは弱者の味方でした。ワタシは中国からの留学生でたまに東朋大の学生からもひどい言葉を投げられることがありますが、その度に健輔サンは盾になってくれました。ワタシは学費を稼ぐために新聞配達のアルバイトをしているのですが、心無い人はそんなことさえヘイトの理由にします。健輔サンはそういう人たちを決して許そうとしませんでした」

聞いていると、また健輔の別の面が見えてくる。皆を盛り上げようとして滑り、弱者を嗤《わら》う者に立ち向かっていたのだという。いずれも志賀の知らない顔であり、そして健輔なら有り得ると思わせる顔だった。

「ワタシたちは借金を背負いながら、この国で学んでいます。生活は苦しいです。健輔サンには何度か牛丼《ぎゅうどん》を奢《おご》ってもらいました。ホントに優しい人でした」

もっと健輔と話しておけばよかった──何度目かの後悔が志賀の胸を締め付ける。

「息子はサークルにも加入していたようですが、何というサークルかご存じですか」

この質問には桐野が即答した。

「ああ、それ〈邦画倶楽部《くらぶ》〉ってサークルでしょう。でも健輔がいなくなったから、あのサークルも自然消滅だろうなあ」

「それはどういう意味ですか」

「元々、どマイナーな邦画だけを鑑賞し感想を言い合うという、これまたどマイナーな活動内容でしてね。健輔以外は喜納という部長しか在籍していなかったんじゃないのかなあ」

ゼミの仲間だけではなく、喜納みちるにも会って話を聞くべきだろう。

最後にこれだけは確認しておかなければならない。

「大学関係者の中で、星野先生に恨みを持つ人物はいませんでしたか」

傍から見れば既に健輔が被疑者死亡のまま送検されているというのに、この質問は滑稽《こっけい》に過ぎるものだった。

危惧《きぐ》した通り、四人からは否定的な意見しか返ってこなかった。

4

ゼミの連中に教えてもらった部室は旧館にあった。元々、東朋大キャンパスは増築に増築を重ねて膨張し続けたという経緯があり、老朽化した旧館は新館竣工《しゅんこう》とともに主役の座を引き渡したらしい。従って各部室はひどく年季の入った外観をしていた。

それにしてもマイナーな日本映画の愛好会とは、いったいどういう風の吹き回しなのか。同居していた頃の健輔は映画のエの字さえ口にしなかった。興味があるかどうかも定かではなかったが、大学に入ってから急にのめり込みでもしたのか、それとも無理に勧誘されて名前だけの幽霊部員にでもさせられたのか。

〈邦画倶楽部〉と書かれたコピー用紙が看板代わりだった。部屋の外から声を掛けると、ドアが開いて喜納みちるが顔を覗かせた。

「はい、どなた……うわ」

みちるは志賀を見るなり驚愕《きょうがく》した。このご面相では無理もない。葬儀で顔を合わせているから、余計に怪我の度合いが際立つのだろう。

「こんななりで失礼しました」

「志賀くんのお父さん」

「息子の告別式に来ていただき、ありがとうございました。今日は、息子が入っていたサークルを見学しにきた次第です」

志賀が来意を告げると、みちるは部屋の中へと招いてくれた。

「よろしかったらどうぞ。碌なお構いもできませんけど」

部室は八畳ほどの広さにスチール棚が二台設《しつら》えられており圧迫感がある。棚の上は映画の関連書籍で占められており、ここが同好の士のための場所であると教えてくれる。数える程度にビデオソフトも並んでいる。タイトルを眺めてみれば確かに馴染《なじ》みのないものばかりで、桐野の言葉が正しいことを証明している。

「サークルの活動内容といってもごく単純で、その週に観《み》た邦画の感想をお互いに披露するだけで。人からは根暗なサークルだとか陰口を叩かれもするんですけど、わたしも志賀くんも映画はお一人様が標準なので性に合っていたんだと思います」

「部員が二人きりなのに、それでも単独で鑑賞していたんですか」

「映画は一人で観るものだというのが、当サークルの信条なんです」

みちるは胸を張って言う。

「根暗だろうが何だろうが、一人鑑賞の素晴らしさを知らない人間には言わせておけって思いますよ。二人以上で観るとなったら、お互いの趣味や嗜好《しこう》に合うかどうか気になって鑑賞に集中できなくなります。それに比べたら、わたしも志賀くんも根暗だとかぼっちだとか言われても平気なんです」

「正直、健輔にこんな趣味があったとは想像もしていませんでした。あいつが映画館に行ったなんて話も聞いていませんでしたから」

するとみちるは何を思ったか眉《まゆ》を顰《ひそ》めた。

「えっ、嘘でしょう」

「いや、こんな嘘を吐いてもわたしの恥になるだけだし」

「そりゃあ倶楽部への勧誘が多少強引だったのは認めます。何しろ先輩たちが卒業して当時部員はわたし一人だけでしたからね。実際、わたしも部員登録だけしてくれればいいからってお願いしたくらいなんです。でも志賀くん、元々邦画に興味があるからと言ってくれて」

「社交辞令じゃなかったんですか」

「洋画より邦画が好きな人って多くないから、わたし訊いたんです。志賀くんが邦画を好きになったきっかけは何だったって。そういう質問なら答えで本気か社交辞令か判別できるじゃないですか」

まるで踏み絵かリトマス試験紙のようだと思ったが、マニアの度合いを調べるには格好の質問だろう。

「志賀くんの答えはこうでした。中学生の頃、お父さんと一緒に観た『鬼神　阿修羅丸《あしゅらまる》』

がすごく面白くて、今でも細部を思い出せるって」

題名を聞いて思い出した。『鬼神　阿修羅丸』は今から五年ほど前、春潮社が製作委員会に名を連ねた伝奇ものの映画だ。キャンペーンの一環として春潮社グループ総動員で全国試写会を開催したが、投下した予算ほどには収益が上がらなかった。

グループに勤める社員たちには特典として二枚一組の鑑賞券が配られ、志賀は何の気なしに健輔を誘って試写会に出掛けた。

そこまで思い出した志賀は、あっと叫びそうになる。今にして考えれば父子《おやこ》揃って出掛けたのは、それが唯一無二の出来事だったではないか。

「『鬼神　阿修羅丸』は莫大《ばくだい》な製作費に対して評価にも興収にも恵まれなかったため、地雷扱いになってしまいましたが、それでも志賀くんは、お父さんと一緒に観た映画がずっと好きだったんです」

やめてくれ、と思った。

みちるは何気なく話しているつもりだろうが、ひと言ひと言が胸を突き刺す。

「事件の被害者になった星野先生のことは、よくご存じですか」

「いえ。わたしは学部が違うので星野先生の講義を受けたことは一度もありません。でも学生から人気があったのは聞いています」

「健輔の口から星野先生の話が出ることはあったんですか」

束の間、みちるは腕組みをして考え込む素振りを見せる。しかし結局、申し訳なさそうに首を横に振るだけだった。

「すみません。全っ然、思いつきません。〈邦画倶楽部〉では、部室に足を踏み入れたが最後、邦画の話しかしないのが決まりだったし」

「じゃあ、別の質問をします。大学関係者の中に、星野先生を憎んだり恨んだりする人物に心当たりはありませんか」

先刻、ゼミの連中にしたのと同じ質問をしたのは、何とか健輔以外の容疑者を見つけ出したかったからだ。捜査本部と検察は健輔の犯行と決め込んでいるが、志賀としては一縷《いちる》の望みに縋《すが》りたい気持ちがある。仮に健輔の犯行だったとしても、無理心中以外の動機があったのなら知っておきたい。いや、知らずにはいられない。

生きている時はどこか遠い存在に思えた健輔が、こうして他人の証言を集めているうちに身近に感じられてくる。皮肉といえばこれほど皮肉な話もなかったが、今の志賀には父親としてせめてもの義務のように思える。

しかし志賀の思いも空《むな》しく、みちるは再度首を振った。

「東朋大というのは教授や講師の数が多くて……わたしがそういう話に疎いのもあるんですけど、星野先生のネガティヴな話題って耳にした憶えがないんです」

みちるとの話を終えて旧館を出る頃にはすっかり夕闇が下りていた。

面会した証人の数と聴取に費やした時間が、東朋大における健輔の存在を象徴しているようで、志賀は侘しくてならない。葛城にヒントをもらって東朋大に乗り込んだまではよかったが、得られたものは新しい情報ではなく古い悔恨《かいこん》でしかない。希望よりは絶望、期待よりは後悔。

何よりも、たった一度だけ一緒に観たという過去だけで健輔が邦画好きになっていたという事実が志賀を打ちのめしていた。試写会に誘った記憶を忘れ去り、自分と健輔を繋《つな》いでいた糸も見えなかった。いや、見ようともしなかった。

ひどい父親だった。

冷淡で無関心な父親だった。

志賀を責める声が脳裏に木霊《こだま》する。何ということだ。息子の過去を調べれば調べるほど、志賀自身の欠点がこれでもかと露呈していく。

これは罰なのかもしれない。

今まで家庭を顧みず、自分は仕事さえしていればいいのだと高を括っていた罰。

他人が隠したがっている恥部を暴き立て、醜聞を商品にした罰。

健輔を介して星野奈々美を天涯孤独にしてしまった罰。

それ以外にまだあるかもしれない罰。

自分はそれらの罰を一人で贖《あがな》って生きていかなければならない。事実の重みがずしりと全身に伸《の》し掛かる。

重い足を引き摺《ず》りながら正門から出ると、門柱の陰から不意に呼び止められた。

「志賀さんか」

声のした方向に振り向くと、そこに宮藤が立っていた。後ろには葛城の姿も見える。

「話には聞いていたが、ずいぶんなやられ方だな」

今は身体より心が悲鳴を上げている。

「どうしてあなたが東朋大にいるんだ」

「息子の通っていた大学の様子を見にきて、何が悪いんですか」

気分が落ち込んでいたので、つい売り言葉に買い言葉となる。

「いえ、別に悪いとは言いませんが、ここは被害者の勤め先でもある。加害者家族にはいささか敷居が高いんじゃありませんか。彼女を慕っていた教職員や学生は大勢いる」

「ええ、その通りです。星野希久子さんを悪く言う者は一人もいませんでした。少なくともわたしが聞いた限りでは」

「あなた、そんなことを嗅《か》ぎ回っていたのか」

宮藤は矢庭に凶悪な人相に変わる。志賀が捜査妨害をしていると言わんばかりの口ぶりだった。

「素人が探偵の真似事をするのは好ましくない。そういう行為は金輪際やめてください。あなたの気持ちも分からんじゃないが、志賀健輔は既に送検された身です。今更あなたが何を調べたところで息子さんの無実が証明される訳じゃない。いったい誰があなたにそんなことを吹き込んだんだ」

一瞬、葛城と目が合ったが、相手が慌てて視線を逸《そ》らせたのでこちらも見ないふりをした。

「誰からもそんな指示は受けていません。ただわたしの知り得なかった息子の姿を確認したいという気持ちもあったんです。でもお言葉を返すようですが、どうして宮藤さんたちは東朋大で張っているんですか。どう足掻いても健輔の容疑は固まっているのでしょう。それなら何故大学関係者を調べ、何かを訊き出そうとしているんですか」

一拍の沈黙の後、宮藤は声を落として言った。

「志賀さんもよくご存じの裏付け捜査ですよ。いくらスクープ記事でも、記事にするぎりぎりまでは確認を取るでしょう」

「大学関係者の誰をマークしているんですか」

「あなたに教える必要はない」

「容疑者は既に死んでいる。ただの裏付け捜査なら喋っても構わないでしょう」

「一般市民や、ましてや事件関係者に喋っていいことなんてそうそうない」

宮藤は今にも堪忍袋の緒が切れそうな口調だった。言い換えれば、捜査を継続しているのをよほど知られたくないのだ。

他人が怒っている場面を目の当たりにすると冷静になれる。失意に塗れていた志賀の頭に思考の余裕ができた。

「被疑者死亡のまま送検したからこそ、継続捜査をしているんじゃありませんか」

「あなたが勝手にそう思い込んでいるだけだ」

「よくよく考えれば、無理心中を図るにしては腑に落ちないことが多々あります。犯行現場を相手の自宅にしたり、事前に玄関のスペアキーを用意したりとおよそ理屈に合っていない」

抗議のつもりか、葛城がこちらを軽く睨んできた。志賀は心の中で彼に手を合わせる。ここまで斬《き》り込まなければ、おそらく宮藤は防御を崩さない。

「宮藤さん、あなたならその不合理にもっと早い時期に気づいたはずです。それにも拘《かかわ》らず被疑者死亡のまま送検したのは、どこからか圧力があったせいですか」

「繰り返すが、あなたに教えなきゃならない謂《いわ》れはない」

圧力があったと白状しているようなものだ。

理由は薄々見当がつく。希久子とともに殺害された夫の隆一は文科省の官僚だ。痛くない腹を探られるのを嫌った文科省が、警察庁を通じてちょっかいを出してきた可能性は大いに有り得る。

容疑者の嘘を暴くのが得意でも、自分で嘘を吐くのは不得手なのだろう。宮藤は目に見えて不機嫌な顔になりながら、口調は抑えようと努めている様子だった。

「百歩譲ってあなたの推察が当たらずといえども遠からずなら、尚更あなたは手を引くべきじゃないのか。あなたにうろちょろされたら、調べられるものも調べられなくなる」

「しかし」

「『春潮48』程度の偏向記事ならわたしにだって書ける。もし、わたしがそんなことを言ったら、編集のプロである志賀さんはどう思う。それと同じだ」

久しぶりに当意即妙の答えだった。この切り返しには、さすがに志賀も納得せざるを得ない。

「承知しました。可能な限り、警察の邪魔になる行いは控えます」

「可能な限りというのが油断ならないが、まあいい。早くこの場から立ち去ってくれ」

「一つ教えてください」

「まだ何かあるのか」

「現場で取材をしていた頃、多くの警察官と会った。何十人、何百人とです。そのうち刑事と名のつく人にはふた通りあるのが分かった。わたしなりの分類ですが、上に従う者と自らに従う者です。その伝でいけば宮藤さんはどちらになりますか」

問われた宮藤は呆気《あっけ》に取られた様子で志賀を凝視している。

やがて口から出たのは「答える必要はない」という素っ気ない返事だった。

「では失礼します」

二人の横をすり抜ける際、再度葛城から責めるような視線を浴びた。

自宅マンションに戻った時には午後八時を過ぎていた。朝から濃密な出来事が重なり、そろそろ心身ともに休息を欲しているのが分かる。このまま飯を掻《か》き込み、風呂《ふろ》に浸《つ》かって熟睡できればどんなに幸せだろう。

だが志賀への罰はまだ続いているらしく、そうは問屋が卸さなかった。一階エントランスに見覚えのある女の子が膝を抱えて座っていたからだ。

「奈々美ちゃん」

奈々美も志賀の姿を認めて顔を上げた。

「どうしたんだ、こんなところで」

「緊急避難。家の前にあいつらが待ち構えてた」

奈々美が「あいつら」というのは例の三人組を指すに相違なかった。

「三人ともか」

「恵梨香はいなかった」

それでも男が家の辺り、玄関前でうろついていたら穏やかな話ではない。

「小一時間待ってたけど、あいつらが動かなかったから……」

言葉が途切れる。自宅以外に立ち寄る場所がないという事実が奈々美の現状を物語っていた。

「取りあえずウチに来たらどうだ」

「構わないでよね。もう少ししたらあいつらも引き揚げると思うから、ここで待ってる」

「夕食は摂《と》ったのか」

「……まだ」

「そこらにファミレスでも何でもあるだろう」

「ファミレスなんて一人で入るところじゃないでしょ」

志賀は奈々美の肩を摑んで強引に立たせた。

「行くぞ」

「被害者遺族がいたら邪魔ってことね」

「ファミレスは一人で入るところじゃないんだろ。だったら二人で入ればいい」

「え」

「ちょうどこちらも空腹だったんだ。もののついでだから気にする必要はない」

「あたしが気にするなんて、いつ言ったのよ」

憎まれ口を叩きながらも、奈々美は志賀におとなしくついてきた。

# 第五章　日出（陽はまた昇る）

1

代沢という地域は高級住宅地の印象が強いが、それでも下北沢まで足を延ばせばファミリーレストランが何店か見つかる。

意外にも案内役を買って出たのは奈々美で、馴染《なじ》み客のように店内に入っていく。店員がやって来ると、「あの席」とわざわざ窓際奥の席を指定までした。

奈々美はメニューを開いて三秒後に声を上げる。

「あたし、チキテキ・ピリ辛スパイス焼きとベイクドチーズケーキ」

「この店の常連みたいだな。店内に入る前から何を食べるか決めていただろ」

「他人の仕草観察している暇あるんだったら、オジサンもさっさとメニュー選んでよ」

急《せ》かされて、志賀は最初に目についたリブステーキを注文する。

「何、人の顔まじまじ見てるのよ」

「君たち一家とファミレスの組み合わせがちょっと意外だった」

「友だちとはよく来た。リーズナブルだし」

過去形が胸に引っ掛かる。以前は友だちと通ったが、今は誘いも誘われもしないという意味だ。

「外食はクラスメートとする方が多かった。パパもママも忙しかったから、三人が一緒にいる時間なんてほとんどなかった」

「お父さんは文科省勤めだったしな」

「総合教育政策局教育人材政策課」

「何だい」

「パパの所属部署。まるで早口言葉だろうって本人も笑ってた。あたしが中学に上がった時に課長に昇任したんだっけ。その途端に忙しくなって朝ご飯も夕ご飯も一緒に摂《と》れなくなった。ちょうどママも大学の仕事が増えてきたから」

「つまらないことを聞いた。悪い」

「いいよ。別に家族の仲が悪くて生活がばらばらになった訳じゃないから」

奈々美はさばけた調子で言う。まだ両親を亡《な》くした傷は癒《い》えていないはずだから、かなり無理をしているのだろうと志賀は想像する。

「だからかなあ、家族で旅行に行く回数は他の家より多かった気がする」

「旅行ならずっと一緒にいられるからな。ママのアイデアか」

「ううん、パパ。パパの仕事優先で旅行の計画を立ててた。あ、旅行会社への申し込みや日程表の管理はママの専門。きっとパパなりに家族が一緒にいる時間をキープしようとしたんだと思う」

いいお父さんだな、と言おうとしてやめた。奈々美が昔話をする分には構わないが、志賀が合いの手を入れることで却《かえ》って傷を深くするのは是が非でも避けたかった。

十四歳の子供に気を遣っている自分が不意におかしくなった。目の前に座っている儚《はかな》げな女の子を少しも傷つけたくない。相手が実の息子の健輔でもこれほど配慮はしないだろう。

元々話し好きなのか、奈々美はこちらが相槌《あいづち》を打つだけで喋《しゃべ》り続ける。嘆いたり怒ったりする時以外、彼女の声は軽やかで耳に優しいのだと発見した。

ああ、そうか。

もし自分に娘がいたら、こんな風におっかなびっくりで話を聞いていたに違いない。傷つけたくなくて、護《まも》ってあげたくて。

「ねえ、オジサン。ちゃんと聞いてるの」

「ああ、ちゃんと聞いている」

「本当はあの日も二泊三日で旅行の予定だった」

「あの日っていつ」

「八月三日」

即座に現実に戻された。八月三日は事件の起きる前日だ。

「夜九時の便でシンガポールに行く予定だった」

「奈々美ちゃんもか」

「ううん。結婚記念の旅行だったから、あたしは友だちの家にお泊り」

「待てよ。三日夜九時のフライト予定で、どうして二人が家にいたんだ」

宮藤から受けた説明では、近隣住人から『星野さんの家から人の叫び声が聞こえる』と通報があったのは四日の午前三時だったはずだ。

「濃霧」

奈々美はつまらなそうに言う。

「二人とも空港に行ったんだけど濃霧がひどくて欠航になっちゃったって。待っていてもしょうがないから、いったん家に帰るってＬＩＮＥで知らせてきた」

言葉の端々に口惜《くや》しさが滲《にじ》んでいた。

もし濃霧が発生していなければ星野夫婦は機上の人となり、健輔の襲撃は受けなかった。健輔はスペアキーを入手していたが、四日の朝には誰もいないはずだったのだ。

もし欠航ではなく遅延だったのなら、夫婦は空港で足止めを食ったであろうから、これも命拾いするはずだった。

たられればを言い出せばきりがないのは分かっている。しかし息子に殺人を起こさせている身では考えるなという方が無理だ。両親を殺された奈々美は尚更《なおさら》だろう。

二人を覆う空気が重たくなり始めた時、店員が皿を持ってやって来た。

「お待たせしました。チキテキ・ピリ辛スパイス焼きとリブステーキ、ベイクドチーズケーキでございます。ご注文は以上ですね」

「いただきます」

家での躾《しつけ》がしっかりしていたらしく、奈々美はきちんと手を合わせてからフォークを取り上げる。

志賀もリブステーキをひと欠片《かけら》口に運ぶ。二人とも無言になったが、それは穏やかな沈黙だった。

食事を終えてから星野宅を訪れてみると、玄関先に人影はなかった。待ち構えていた二人は諦《あきら》めて帰ったらしい。

「ありがと」

玄関ドアに向かう奈々美はひどく素っ気ない。それでも礼を口にするくらいには志賀との距離を縮めたということか。

「ずっと一人で住んでいるのか」

「他に身内いないもの。〈葵の会〉の椎名さんから聞いてるでしょ」

「大丈夫か」

「オジサン、まさか同居するつもりなの」

「現状、一人住まいなのは交番のお巡りさんに申告しているのか」

「何かあったら、警視庁の宮藤さんか葛城さん宛《あ》てに連絡するようにって言われてる」

冷徹な印象の宮藤と面倒見の良さそうな葛城は、互いにない資質を補完し合うコンビだと志賀は評価している。あの二人に任せておけば心配事も少ない。

「警察に通報するのもいいが、ちょっとしたトラブルなら俺《おれ》のケータイに知らせてくれて構わない」

「ふうん」

奈々美は気のない返事をして家の中に入っていく。

とにかく無事であればいい。そう思いながら背を向けかけた時、門柱の郵便受けが目についた。

ふと思いついた。

「待ってくれ」

いったん閉められたドアが開き、奈々美が顔を覗《のぞ》かせる。

「君ン家《ち》は新聞を取っているか」

「うん。パパが三紙を朝刊だけ取ってる」

「郵便受けはそれほど大きくないみたいだが、三日も留守にしたら他の郵送物もあるから、すぐに満杯になるんじゃないのか」

「ああ、さっきの旅行中の話ね。オジサン、新聞止めとか郵便止めとかしたことないでしょ。前もって家を空けるのが分かっていたら、新聞屋さんに何日から何日まで止めてください って連絡するの。郵便物も一緒。新聞とか郵便物が溜《た》まっていると不在が分かって不用心だから」

「そうか」

「でも、新聞は今月限りで契約切ろうかな」

「奈々美ちゃんは読まないのか」

「ニュースなんてネットで充分じゃん」

「悪いことは言わないから一紙だけでも購読しておきなさい。皆無じゃないが、新聞はネットニュースよりデマや間違いが少ない」

星野夫婦の事件から相当の日数が経過しているので、最近は後追い記事もない。奈々美が読んでも支障はない。

「パパみたいなこと言わないでよね」

最後に憎まれ口を叩《たた》いてから、奈々美は家の中に引っ込んだ。

今度こそ踵《きびす》を返して、志賀は星野宅から遠ざかる。

次の瞬間、些《さ》細《さい》な違和感を覚えた。

何か重要なヒントを得たのに、いつの間にか失念してしまったような感覚だった。

翌日、志賀は空いた時間を利用して健輔の住んでいたアパートを訪れた。

健輔が死んでから数週間後、アパートの管理会社から保証人である志賀に連絡が入った。故人の私物を早急に引き取ってほしいとの要請だった。当時、志賀は転属先での仕事に慣れなくてなかなか時間を捻出《ねんしゅつ》できず、また鞠子の方も気持ちの整理がつかぬまま、今日に至ったという次第だ。

私物の搬出は今日が期限になっている。志賀が部屋の中に入って分別し、必要と判断したもの以外は業者が廃棄する手筈《てはず》になっている。もちろんパソコンなどの捜査に必要と思われるものは、警察に押収された後だ。

アパートは単身者専用となっているらしい。建物は古くほとんどの部屋は1Kの間取りだが、健輔は大学の徒歩圏内という好条件を優先したと鞠子から聞いている。

志賀は三階の303号室に向かう。他の部屋の住人も多くは学生なのか、昼下がりのアパートには人けが感じられない。

303号室のドアを開くと、中に籠《こ》もっていた熱気で身体《からだ》を包まれた。カーテンを閉めているのか中は仄暗《ほのぐら》い。

すぐに異臭が鼻を突く。生ゴミが腐った臭《にお》いだ。志賀は悪臭を堪えてリビングに進む。

いかにも大学生の部屋だった。コンビニの袋と空のペットボトルが床に落ちており、万年床よろしくベッドのシーツは黄ばんでいる。本棚代わりのカラーボックスには大学のテキストや小説、コミックスが雑然と並んでいる。

『法学概論』

『青年心理学　基礎編』

『ひきこもりの心理』

『個性の正体』

青年心理学関連を一冊取り出してみると書き込みが散見される。どうやら真面目《まじめ》に授業を受けていたようで、思わず頬《ほお》が緩む。だが、既に部屋の主はこの世に存在しない事実を思い出して悄然《しょうぜん》とする。

机の上には携帯オーディオとイヤフォンと筆記用具、抽斗《ひきだし》の中には各種ノートが収められていた。志賀は腰を下ろしてノートの一冊一冊をぱらぱら捲《めく》ってみる。ページに見え隠れするのは、どこまでも真面目に講義を受ける大学生の姿だ。

寂寥《せきりょう》と悔恨が胸に吹き荒《すさ》ぶ。あのまま真面目な学生を続けていたら、どんな仕事に就きどんな社会人になっていたことだろう。死んだ子の歳《とし》を数えても仕方がないのは分かっているが、つい夢想してしまう。そして夢想すれば後には必ず虚《むな》しさがついて回る。

写真やメモの類《たぐい》は一つも見当たらない。当然だろう。健輔の世代は個人情報やメモは全《すべ》て携帯端末の中に収めている。

取りあえずノート類は持参したバッグに仕舞い込む。遺品と呼べるのはそのくらいだ。健輔の記録が収納されたスマートフォンは依然として警察の手の内にある。それを取り戻さない限り、遺品が揃《そろ》ったとは到底納得できなかった。

何気なく本棚を眺めていると、一つ疑問が生じた。

アパートを退出した志賀は、次いで警視庁を訪ねた。ちょうど宮藤が席を外しており、葛城が応対に出てくれた。

「早速ですが息子の遺品を返していただきたい」

志賀は単刀直入に申し入れた。

「遺体は荼毘《だび》に付すことができました。しかし健輔のスマートフォンはまだ返却されていません」

「ええっと」

葛城は気まずそうに頭を掻《か》く。

「志賀さんならご承知かと思いますが、押収された証拠物件は事件が終結してからでなければご遺族に返却できない決まりになっています」

「事件は、被疑者死亡のまま送検されたと聞いています」

「ええ」

「しかし、その後については何一つ知らされていません」

通常、被疑者が死亡した場合、仮に検察が起訴しても裁判所が公訴棄却の決定を出す。つまり起訴をしても棄却されるのが予《あらかじ》め分かっているので、検察は不起訴にするのが専らとなっている。それにも拘《かかわ》らず警察が被疑者死亡のまま送検するのは、検察官による最終確認を経て捜査機関への信頼を確保するためだ。

「検察と我々の動きは常に連動している訳じゃありません」

「どういう意味ですか」

「たとえ検察が不起訴を決定しても、我々の捜査権は消滅しないということです」

応接室に二人きりでいるにも拘らず、葛城は声を潜めた。

「宮藤は捜査にまだ満足していません」

非難がましい顔をしていないので葛城も同様なのだと見当がつく。

「いったい何が不満なんですか。健輔は星野宅に侵入し無理心中を図った。ご主人はその巻き添えを食った。それが警察の見解だったはずです。動機も手口もはっきりしている。これ以上、何を捜査する必要があるんですか。動機がはっきりしないということだったが、被害者も加害者もいない状態で今更動機なんて調べてもまるで意味がないでしょう」

「何度も言いますが、捜査情報は事件関係者には教えられません。マスコミ関係者には尚更です。志賀さんはその両方なんですから」

葛城の口にしているのは建前だ。しかし両方の立場を兼ね備える志賀には、逆らい難《にく》い建前でもある。

「じゃあ、わたしの質問に答えてください」

「答えられる範囲でしたら結構です」

「鍵の件です」

先刻、健輔の部屋を訪れてから、ずっと頭の中にあった疑問だった。

「あなたたちの見解では、健輔はスペアキーを作って星野宅に押し入ったという話でした。しかしわたしの知る限り、健輔は鍵職人を目指していた訳でも、泥棒の技術を研究していた訳でもない。ただの学生が、どうやって他人の家のスペアキーを作れるんですか」

「うーん。それもですけど、解答は健輔くんのスマホの中にありました。実は、スペアキーというのは素人でも簡単に手に入れることができるんです」

葛城は意外なことを口にし始めた。

「被害者の星野希久子さんはインスタグラムを開設していました。公開していた内容はどこそこで食事をしたとかこんな買い物をしたとか日常の他愛《たわい》もないひとコマなんですが、その中に新しいキーホルダーを買ったという報告がありました。ブランド物でお洒落《しやれ》なやつです」

「それがどうしたんですか」

「星野希久子さんは買ったばかりのキーホルダーをアップしましたが、一緒に何本かのキーも映り込んでいました」

「まさかインスタグラムに映ったキーの形状だけでスペアを作ったというんですか。そんな高等技術、素人に真似《まね》できるはずがない」

「参考にされたのは形状ではなく、鍵番号なんです。元々、鍵には新鍵と合鍵の二種類があります。新鍵というのは一つの錠前に対して作られるオリジナルで、メーカー名とロットナンバーが刻印されています。このロットナンバーが鍵番号なんですけど、メーカー名と鍵番号さえあれば町の鍵屋で簡単にスペアキーが作れてしまうんです」

最近の携帯端末の撮影機能はデジタルカメラのそれを凌駕《りようが》しており、中には二千万画素を誇るモデルまであるという。

「二千万画素もあれば拡大しても相当な情報量が確保できます。キーに刻印されたロットナンバーを読み取るのは案外簡単なんです」

説明されればなるほどと得心がいく。

「東朋大の中には星野希久子のインスタグラムをフォローしている学生が何人かいました。健輔くんもその一人でした」

「健輔のスマホにはまだ解析の余地があるということですか」

「はい。申し訳ありませんが、そういう理由でまだ返却できないんです」

簡単に返してもらえるとは思っていなかったが、改めて説明されるとやはり落胆した。押収されたスマートフォンには健輔の趣味嗜好《しこう》はもちろん、閲覧履歴を遡《さかのぼ》れば性癖めいたものも発掘できる。鑑識の手によって健輔のプライバシーは全て白日の下に晒《さら》される。

星野夫婦の事件を追った記事でも健輔の行状と交友関係が洗いざらいほじくり返された。小中学校時代の同級生へのインタビューでも健輔の人間性を疑うようなコメントが寄せられた。死者に鞭《むち》うつどころではなく、袋叩きするようなものだった。

ところがそれにも飽き足らず、警察は健輔のプライバシー全てを暴こうとしている。考えるだに彼らに対する嫌悪感が増す。一方、ここ数日間で志賀は自らを省みることを憶《おぼ》えた。死者を袋叩きにし、他人のプライバシーを暴き立てる。それこそ志賀が仕事としてやってきたことではないか。警察も同じだ。宮藤も葛城も仕事として健輔のプライバシーを暴いているのだ。

またも自業自得という言葉が伸《の》し掛かる。自分では誇りに感じていた仕事も、結局は死者と遺族の苦痛を商品化するだけだった。志賀の受難はその報いでしかない。

よほど志賀が落胆しているように見えるのだろう。葛城は心底済まなそうな顔をしていた。

「志賀さん、今でも心ない脅迫電話や落書きは続いているんですか」

「相変わらずですよ。どうして人間というのは、自分のことでもないのにあれだけ敵意をぶつけられるのか」

「そちらまで手が回らずにすみません」

「奈々美ちゃんから聞きました。彼女に何かあったら宮藤さんや葛城さんが駆けつけてくれるそうじゃありませんか。その方が有難い。わたしに関しては放置してくれて構いませんから」

葛城はおや、という顔をした。

「いつの間に星野奈々美さんと仲良くなったんです」

「まさか。仲良くなんてなっていませんよ。どうしてそんな風に思うんですか」

「志賀さんが彼女をちゃんづけするのを初めて聞きましたからね」

宮藤と同じく、葛城もなかなか油断がならない。

「変ですかね。被害者遺族と加害者遺族が接近するなんて」

「変、ではなくて奇跡だと思います」

葛城は奇跡などという言葉を恥ずかしげもなく平然と使う。

「奇跡ですか」

「犯罪というのはがんに似ているような気がするんです。犯人を逮捕して送検し、裁判で裁く。事件としてはそれで解決です。病巣を摘出するのと一緒ですよね。でも周辺に転移したがんは、また成長を続けて人体を蝕《むしば》んでいく。その全てに対処するのはとても困難です。被害者遺族と加害者家族の確執もそうです。お互い、直接の責任はないはずなのに憎み合ってしまう。周囲の人間が憎み合わなきゃ変だと煽《あお》る。でも、後に残された人は全員が被害者じゃないでしょうか」

つくづく刑事には向いていない男だと思う。奇跡とか全員が被害者とか、警察回りの記者が聞けば失笑するようなことばかり口にする。

だが、志賀の目に葛城は清新に映る。どんな世界にも異端は存在する。しかし世界が大きく変革する時、異端はいつしか標準となる。いつか司法システムなり警察組織なりが大きく変貌《へんぼう》する時、葛城のような男が標準になれば将来に希望が持てる気がする。

「志賀さんと奈々美ちゃんの間にわだかまりがなくなれば、個人的に嬉《うれ》しいですね」

「どうして葛城さんが嬉しいんだか。そういうことを口走っていて、宮藤さんなんかはあまりいい顔をしないんじゃありませんか。要らぬお世話ですが」

「いい顔はしませんが否定もされません。口に出さなくても、きっと皆同じ考えなんだと思います」

「刑事さんなんて性悪説でないとやっていけないんじゃないですか」

葛城は言葉を選ぶように考え込む素振りを見せる。

「僕の知り合いに裁判官を目指して司法修習を頑張っている人がいましてね。ご承知でしょうが日本の刑事裁判というのは基本的に更生主義を採《と》っています。被害感情は考慮しつつ本人の更生に期待している訳です。だから裁判官というのは性善説が根底にある人が多い。だけど性善説だけで法による秩序は保てない。厳罰主義に偏重してはいけないけど、性悪説も理解しなきゃいけない。警察も同じです。犯罪を暴くためには性悪説に立たなければいけませんが、一方で性善説を信じていなければ罪を恐れる者はいなくなり、犯罪は増える一方です。そんな切ない話は嫌じゃないですか。僕が今でも警察官でいられる理由はその辺にあると思っています」

葛城という男は物腰こそ柔らかいが、相対する者を人の良さだけで封殺してしまうような強引さがある。健輔のスマートフォンを返却してほしかったはずの志賀は、いいように言いくるめられて警視庁を後にした。

## 2

「健輔の私物を引き取ってきた。内訳はほとんどがノート類だ。どれが必要か必要でないのか、俺だけでは分別できない。時間が空いたら来てくれ」

鞠子のスマートフォンは今日も留守電になっている。志賀は伝えたいことを喋り終えてから終話ボタンを押す。久恵に釘《くぎ》を刺されてからというもの、まだ一度も鞠子本人とは話せていない。だからといって、こちらからの働きかけをやめるつもりは毛頭なかった。

『健輔ちゃんがいなくなって鎹《かすがい》はなくなった。それで二人の間に愛情とか信頼とかがなければ一緒にいる必要も別にないわよね』

久恵はそう言ったが、鞠子との間にあったものが健輔だけだったとは信じたくない。今は困難でも、いずれは鞠子との絆《きずな》を修復して家族を再生させるつもりでいた。

離婚が怖い訳ではない。孤独が怖い訳でもない。ただ二十数年間、盤石だと思い込んでいたことが錯覚に過ぎなかったのを認めたくないだけかもしれなかった。

無論、鞠子への気遣いもある。家を出て行く直前まで精神が不安定な状態だった。実家に戻ることで安定しているのならそれに越したことはない。しばらく別居が好ましいというのなら甘んじて受ける覚悟はできている。幸い久恵がまだまだ耄碌《もうろく》していないので、安心して鞠子を任せられる。

鞠子とは疎遠になる一方、奈々美と会う回数は増えた。夕食に同席することが多くなったからだ。

場所は件《くだん》のファミリーレストランだった。最近、夕食はファミリーレストランで摂ると奈々美が言うので、こちらの時間を調整して落ち合うことにした。帰りはボディーガードができるので志賀にとっても都合がいい。

「近頃、あいつらが絡んでこなくなった」

あいつらとは恵梨香たちのことだろう。

「三人とも、もう目を合わせようともしなくなった」

「へえ。担任から注意でも受けたのかな」

「何言ってんの。全部オジサンのせいじゃない」

「俺のせいか」

「あいつらと会う度に流血騒ぎになるじゃない。そろそろ内申書の数字が気になり出したんじゃないかな」

「警察沙汰《ざた》にはされたくないか。それなら、どうして今まで奈々美ちゃんにちょっかい出していたのかな」

奈々美は知らない、と答えた。

「興味薄そうだな」

「あたしを傷つけようとするヤツらを気にするの、やめにした。馬鹿らしいし時間の無駄じゃん」

「ほう、大人の対応だ」

「大人とか子供とかじゃなくて、あいつらを気にしていると同じ場所に立っているみたいで嫌」

「同じ土俵に立つって言い方をするんだけどな」

「どうしてあたしの大切な時間をこんなヤツらのために使わなきゃいけないんだと思った途端、ホントに馬鹿らしくなった。でもさ、忘れてもやらない」

ドリアを口に運びながら奈々美は好戦的に笑ってみせる。

「そのうち、恵梨香たちは卒業して別々の高校に行って、違う友だちを作って、きっとあたしにした仕打ちを忘れるんだと思う。でも、あたしは絶対に忘れてなんかやらない」

「仕返しをするというのか」

「ううん。ただ忘れてやらないだけ。あいつらがどんな大人になって、どんな立派なことをほざいても、抵抗できない人間を苛《いじ》めていたことを忘れない。それだけ」

復讐《ふくしゅう》を計画していないようで安堵《あんど》したが、それでもされたことを憶え続けるという宣言には引っ掛かりを覚えた。迫害された側には当然の気持ちであり当然の権利に違いないが、奈々美の口から聞くと切なさが付き纏《まと》う。

いつか恵梨香たちは大人になる。それ以前に彼ら自身が迫害される側に立たされ、奈々美にした仕打ちを思い出すかもしれない。

己の罪を省みて謝罪の気持ちを持った者とは和解できないだろうか。少なくとも奈々美には、人を赦《ゆる》す優しさを失《な》くしてほしくない。

そう考えた時、志賀はひどく慌てた。これでは奈々美の保護者ではないか。まさか健輔を失った代償に奈々美を娘として扱いたいのではないか。

違う、と志賀は自分に言い聞かせる。健輔にも奈々美にも失礼だと思った。

「今は相手にしないのが正解かもしれない」

志賀は慎重に言葉を選ぶ。

「でも、いつか彼らが手を差し出したら握手してやってほしいな」

「どうして。オジサンもあたしに恨まれたくないから、あいつらにも同じように振る舞えって言うの」

「君に恨まれたくないとは思っていない。人を憎んだり恨んだりしていると疲れるからだ。疲れると新しいことに挑戦する気力が殺《そ》がれる」

「へえ、あたしに恨まれるのは構わないんだ」

「ファミレス奢《おご》ったくらいで赦してもらおうとは思っていない」

すると、奈々美は口に運びかけていたスプーンをテーブルに置いた。

「あたしを何度も護ってくれたじゃん。それでも赦されたいって思ってないの」

「そう思うのは俺のエゴだ」

どう繕おうとも、健輔が奈々美の両親を奪ったことは否定できない。父親である自分に責任があるのかないのか、あるとしたらどこまで償うべきなのか。未《いま》だに明確な解答は得られず、得られるかどうかも分からない。

「オジサン、それってしんどくないの」

「逃げるような真似だけはしたくない」

「ふうん。あたしのクラスの担任、しんどくなったら逃げなさいって言ってたよ。無理をしてても碌《ろく》なことにはならないって」

「ジェネレーションギャップだな。俺たちは逃げるなと教えられた世代だ」

「どっちが正しいのかな」

「どっちも間違っちゃいないよ。だけど対処の仕方でそいつの将来が変わることはあるだろうな」

「どう変わるの」

「まだ俺にも分からない」

「無責任」

「自覚している」

納得していない様子で小首を傾《かし》げ、奈々美は再びスプーンを手にした。

かちゃかちゃと食器の底を掬《すく》う音を聞いていると不思議に心が和んだ。ここしばらく味わえなかった平穏に、心が溶けていく。

奈々美と別れてから味気ない我が家へ帰還する。玄関ドアを開けて返事がないのにも慣れた。

着ていたものを洗濯槽に叩き込み、手早く入浴を済ませてから会社から持ち帰った仕事をこなす。本来はオフィスを使うべきだろうが、奈々美と夕食をともにする時間には替えがたい。終わればそのままベッドに直行できるのも都合がいい。

校正を済ませてベッドに潜り込んだのは零時過ぎだった。

肉体は疲れているのに意識が冴《さ》えている。目を閉じると奈々美との会話が脳裏で再生された。

逃げるような真似だけはしたくない、か。

ずいぶんと格好のいい台詞《せりふ》を吐いたものだ。思い返すと赤面しそうになる。だが決して嘘《うそ》は吐《つ》いていないし、これからも信念を曲げるつもりはない。

思えば志賀は逃げてばかりだった。

健輔と正面から向き合わなかった。

鞠子の苦痛を知ろうともしなかった。

家庭の煩わしさから逃げ、責任からも逃げた。逃げて逃げて、最終的に残ったものはヘイト雑誌の仕事とこの家だけだ。

失意はある。しかし我が身が招いたことなので憤りはない。唯々《ただただ》、省みるだけだ。

鞠子との関係を修復するには時間が必要だ。奈々美の心を慰撫《いぶ》できるのも当分先になるだろう。

時間はかかる。だが雑誌と違って締め切りはない。ゆっくり、確実に解決していけばいい。

そろそろ睡魔が降りてきた。寝入りばなの快楽に心身を委《ゆだ》ねかけたところで、枕元《まくらもと》に置いたスマートフォンが着信を告げた。

発信者の名前で一気に覚醒《かくせい》した。

奈々美からだった。

「どうした」

電話の向こう側が騒がしい。しきりに咳《せ》いているのは奈々美らしい。

「奈々美ちゃん」

『火事、家が』

必死に絞り出したような声が返ってきた。

「まさか。早く逃げろ」

『玄関と裏口が燃えてて、逃げられない』

「１１９番に通報は」

また咳き込んで会話が中断する。

「１１９番は」

『今からする』

「馬鹿っ、俺を優先するな」

『だって』

「風呂場《ふろば》だ」

本人が目の前にいるかのように叫ぶ。

「浴槽に水を張って窓を全開にしろ。スマホを手放すな」

『うん』


通話を切り、すぐ119番通報する。奈々美が通報している最中だろうが念のためだ。

星野宅の住所と女の子が巻き込まれているのを告げながら、慌しく着替える。

表通りに飛び出してタクシーを捕まえようとするが、こんな時に限ってなかなか捕まらない。登録してあるタクシー会社に連絡したが、即座には回せないという。

〈空車〉のランプは一向に見つけられない。焦った志賀は〈回送〉ランプのタクシーを見つけるや否や、道路の真ん中に飛び出した。

無理やり停《と》められた運転手は、後部座席に乗り込んだ志賀を客とは見做《みな》していないようだった。

「あんた、轢《ひ》き殺されたいのか」

「すみません、何も言わず代沢まで最短距離でやってください」

「降りてください。回送車です」

「娘の家が火事なんです」

「……そういうことは最初に言ってください」

運転手はドアを閉めた後、クルマを急発進させた。

車中で志賀はスマートフォンを開く。呼び出してみたが、奈々美は出なかった。

締めつけられた胸から心臓が飛び出そうだった。

代沢に入り、住宅街が見えてくるとタクシーは徐々にスピードを緩め、やがてゆるゆると停まった。

「駄目です、お客さん。交通規制でこの先、一般車は通れないみたいです」

消防車が到着しているのだ。

「ここで降ります」

タクシーから出ると、星野宅へと走り出す。既に野次馬たちが集まり出し、ここまでもの焼ける臭いが漂っている。かんかんと甲高い鐘音つきのサイレンも鳴っている。

走りながらスマートフォンで奈々美を呼び出す。しかし相手は一向に出ない。

間に合ってくれ。

間に合ってくれ。

志賀は先往《さきゆ》く野次馬たちを掻き分け、懸命に進む。異臭はいよいよ濃くなり、煙の色も変わり始める。

奈々美の言った通り、星野宅は燃え盛っていた。玄関は炎で見えず、窓の隙間《すきま》からは黒煙が上がっている。

現場に到着している消防車はまだ一台きりで、消火活動に走っている隊員も数人程度だ。追っつけ応援が到着するのだろうが、火の回りが早過ぎる。奈々美の話では裏口も燃えていたというから、出火場所が複数なのかもしれない。

「危険だから下がってて」

見咎《みとが》めた隊員が駆け寄ってきたので、彼の肩を摑《つか》んだ。

「火事を通報した者です。中にいた女の子は無事ですか」

「まだ確認できていません」

その返事が合図になった。

不意を衝《つ》いて志賀は隊員を押し退《の》け、燃え盛る建物へ突進する。

「馬鹿っ。そっちに行くなあっ」

制止の声は耳に届いている。危険な状況も十二分に把握している。だが身体中のアドレナリンが沸騰して足が止まらない。衝動が思考に先行して、志賀に躊躇《ちゅうちょ》を許さない。

奈々美ちゃん、待っていろ。

必ず助け出す。

無事でいてくれ。

建物の周囲を回って裏口に出る。やはりここも出火場所であるらしく、火の勢いは相当だ。十メートル離れていても肌が焼けそうに熱い。

だが、家の中はもっと熱いはずだ。

どこか燃えていない入口はないか。志賀はぐるりと敷地の中を一周する。

隊員たちの横をすり抜けると、放水の飛沫《しぶき》で全身がびしょ濡れになった。好都合だ。これで多少は炎熱に対抗できる。

玄関に戻ったその時だった。

業火とともに玄関が焼け落ち、一瞬だけ家の中が見通せた。

今だ。

頭よりも身体が先に反応した。

「あんた、やめろおっ」

近くにいた隊員が伸ばした手を振り切り、志賀は炎の中に身を投じていく。瞬間、猛烈な熱気が肌を舐《な》め、服に染み込んだ水分を一気に蒸発させる。

中は火炎の地獄だった。

火の舌が壁を這《は》い、天井を白煙が覆う。即座に息苦しさを覚え、志賀は腰を屈《かが》める。四方から火の洗礼を浴び、早くも全身の皮膚が炙《あぶ》られ始めた。

ばちばちと建材の爆《は》ぜる音がする。しゅうしゅうというのはビニールが溶け落ちる音だろうか。

既にちりちりと髪の毛の先が燃え始めている。不思議なことに、これだけ煙が蔓延《まんえん》していても髪の毛が焦げる臭いは覿面《てきめん》に分かった。

「奈々美ちゃあんっ」

大声で叫んでみるが応答はない。建材が焼け落ちる音で志賀の声も掻き消される。

星野宅に足を踏み入れるのはこれが二度目だが、敷地を回った際に屋外給湯器を見かけたから浴室の位置も見当がついている。廊下の突き当たりを左に入ったところだ。

頭上を手で防御しながら中腰のまま走る。奥に辿《たど》り着いて左のドアノブに触れる。

熱い。

反射的に手が弾《はじ》かれる。おそらくアルミ製だろうが、直《じか》に握れば間違いなく火傷《やけど》をする。

いや、アルミがその温度まで熱せられているのは浴室の中も相当に気温が上がっている証左だった。

服の裾でドアノブを握り、中に飛び込む。予想通り脱衣所にも白煙が漂い、照明が点《つ》いていても視界はゼロに近い。

「奈々美ちゃん、無事かあっ」

浴室に入ると、奈々美は浴槽の中に横たわっていた。志賀の指示通りに張った水が奈々美の胸まで達している。

「オジサン」

うっすらと棚引く煙の中でも奈々美が真っ青であるのが分かる。

「オジサンっ」

藁《わら》にも縋《すが》るように彼女は志賀の腕にむしゃぶりついてきた。

「どうして、こんなとこまで」

「息子が君から両親を奪った。ここで君を助けられなかったら、俺は死ぬまで後悔する。さあ、立てるか」

両腕を摑んで奈々美を浴槽から引き上げる。張った水で志賀同様に濡《ぬ》れている。

その時だった。

廊下から轟音《ごうおん》が聞こえたかと思うと、いったん閉じたはずのドアが盛大に軋《きし》み始めた。浴室の換気口からは新鮮な空気が入り込んでいる。その空気を食らおうとして炎がドアを破壊する前兆だった。

「飛び込めえっ」

奈々美の頭を胸に抱き、志賀は彼女もろともに水槽に沈む。

同時にドアがめりめりと断末魔の悲鳴を上げた。縦にできた隙間が見る間に黒くなり、赤い炎を覗かせる。

ぼんっという破裂音とともにドアが吹っ飛んだ。瞬く間もなく炎が侵入してくる。

天井の換気口目がけて炎が集まる。途端にバスパネルがぼこぼこと音を立てて歪《ゆが》んでいく。これで元来た廊下には戻れなくなった。

他に逃げ道はないか。

志賀は首を伸ばして室内を見回す。すぐ目についたのは外側に面格子が設《しつら》えられた窓だ。ガラスは分厚いスリット式になっており、防寒のためかかなり小ぶりだ。大人一人がようやく這い出られる程度か。

面格子は防犯のために強靭《きょうじん》な造りになっているはずだ。志賀の力で突破できるかは甚だ心許《こころもと》ない。

だが、窓しか突破口は残されていない。

志賀は狙《ねら》いを定めると、右肩から窓に突っ込んでいった。

衝撃と遅れてやってきた激痛。スリットガラスは砕けたものの、面格子はびくともしない。

「ここにいる。浴室だあっ」

志賀は外に向かって大声で叫ぶ。

「窓を破ってくれえっ」

喉《のど》も裂けよとばかりに叫ぶが、外からの返事はない。叫んだ後に息を吸ったので、煤煙《ばいえん》で喉を焼き何度も咳き込む。

短い助走をつけて、再度窓に突進する。

ぐし。

鈍痛とともに嫌な音がした。面格子が破れた音ではない。肩の骨が砕けたような音だった。志賀は堪《たま》らず後方に倒れ掛かる。

「オジサンっ」

受け止めてくれたのは奈々美の華奢《きやしや》な身体だった。

「もうやめて。肩から血が出てる」

「肩はもう一本ある」

「やめてったら」

体勢を立て直し、今度は左肩から突っ込む。

激突した瞬間、面格子からみしりと音がした。だが窓から外れるまでには至っていない。

もう一撃と後退した時、突然天井のパネルが燃え落ちてきた。

奈々美が悲鳴を上げる。せめてこの悲鳴が外に届いてくれればと願う。

しかし志賀の奮闘空《むな》しく、廊下から伸びた炎は確実に浴室を呑《の》み込もうとしている。志賀は手を拡《ひろ》げつつある炎の声を聞いた。

轟々と肉食獣の咆哮《ほうこう》に似た声だ。今から二人を呑み込み、骨まで焼き尽くすという凶暴な意思が聞き取れる。

今頃になって左肩に違和感を覚えた。どうやら脱臼《だっきゅう》しているらしい。これで両肩とも使い物にならなくなった。

そうか、分かった。

焼くなら焼くがいい。ただし一人だけだ。

志賀は奈々美を再度浴槽に沈め、上から覆い被《かぶ》さった。これなら志賀の身体が焼き尽くされても、奈々美はしばらく炎から護られる。浴槽の底だからすぐには有毒ガスも下りてこない。

「何してんのよっ」

「少しは時間稼ぎになる。我慢していろ」

「退《ど》いてよっ、オジサンが死んじゃう」

「簡単にはくたばらん」

虚勢もそこまでだった。

落下した天井パネルが志賀の背中を直撃した。

息もできなかった。肺に溜《た》め込んでいた空気が洩《も》れ、身体中から力が抜けていく。

畜生、これが限界か。

観念しかけた次の瞬間、頭上で壁の剝《は》がれるような音が聞こえた。

恐る恐る顔を上げると面格子が外されていた。窓から顔を覗かせたのは一人の隊員だった。

「今、救助します」

助かった。

志賀は言うことを聞かない身体を起こし、奈々美を抱え上げた。

「この子から」

「オジサンっ」

奈々美の上半身を隊員に預け、志賀も肩の痛みに耐えながら浴室内から彼女を押し出す。

「あなたも、早く」

隊員に急かされて窓枠から首を出すが、そこまでだった。両肩を損傷しているために思うように腕が動かせない。そうこうするうちに炎は背中まで迫ってきた。

激痛に堪えながら身を捩《よじ》る。隊員が二人がかりで上半身を抱え、一気に外へ引き摺《ず》り出してくれた。

「生存者二名、確保」

「担架あっ」

外気に触れると、全身の肌がちりちりと痛んだ。興奮状態で気がつかなかったが、大小の火傷を負っているらしい。

「どうして。どうしてそんな無茶するのよお」

奈々美の声が頭上から聞こえる。

視界の隅で、とうとう火の手が屋根まで伸びたのが確認できた。この分ではおそらく全焼だろう。

担架に乗せられて表まで運ばれる。また病院送りかと妙に醒《さ》めた頭で考えていると、消防車両の前で見慣れた顔を見つけた。

「宮藤さん」

「無茶をする人だ」

宮藤は呆《あき》れたような顔で、こちらを見下ろしていた。

「安心してください。奈々美さんは軽い火傷で済みました」

「安心も何もあったものじゃない。いったい警察は何をしていたんですか」

担架の上から志賀は食ってかかった。

「彼女からは目を離さないという話じゃなかったんですか。これは明らかに放火です」

「四六時中、警護をつける訳にもいきません。それに消火活動は消防署の役目。我々の役目は犯人逮捕です」

「堂々としているんですね」

「放火犯は既に身柄を確保しました」

一瞬、自分の耳を疑った。

「火災発生の第一報を受け、すぐに被疑者の許《もと》に向かいました。奴《やっこ》さんの手からは灯油の臭いがぷんぷんしていましたよ」

「まさか。犯人が放火する計画を事前に摑んでいたんですか」

「いいえ。被疑者リストには載っていましたが、選《よ》りに選って放火に及ぶというのは想定外でしたからね」

「被疑者リスト。話が見えない」

宮藤は志賀の全身を眺めてから言う。

「上半身、起こせますか」

「それなら何とか」

「少なくとも、あなたには知る権利がある」

宮藤の計らいで、志賀は担架ごとパトカーの傍らまで運ばれた。宮藤が注意深く志賀の上半身を起こし、後部ドアを開く。

「彼が星野宅放火の被疑者、そして同時に星野夫婦殺害の被疑者でもあります」

志賀は目を疑った。

後部座席には両側を捜査員に挟まれた青年が、不貞腐《ふてくさ》れたような顔で座らされていた。

健輔と同じゼミに所属する留学生二年の陳修然だった。

3

「動機は横恋慕などではなく、単純にカネ目当てだったんです」

応急処置を施した救急センターの病室で、宮藤はそう説明した。その横では葛城が申し訳なさそうに立っている。

「複数のバイトを抱えても学費に消える。陳の内実は相当な窮乏生活だったようです。星野希久子さんは度々食事や買い物の成果をインスタグラムに上げていたのですが、フォローしていたのは健輔くんだけじゃない。犯人の陳修然も見ていた。それで星野夫婦の優雅な生活ぶりを知り、強盗を思い立ったという訳です」

「しかし宮藤さん。どうして陳は押し入り強盗なんて無茶な計画を立てたんですか」

「最初から押し入り強盗を計画していたんじゃなく、当日の夜、星野一家は不在だと信じていた。つまり空き巣狙いですよ。陳は学費の足しに新聞配達のバイトをしているのですが、知っていますか？」

「ええ、陳本人から聞いています」

「不幸な偶然の一致でした。陳の配達区域の中に星野家があったんです。八月三日の夜から旅行に出かけるので新聞を止めてくれるよう、販売店に連絡が入る。すると当然のことながら店主は配達区域を担当している陳にそれを伝える。三日の深夜には留守になると知って、陳は星野宅へ盗みに入ろうと計画します。スペアキーの入手方法は葛城が説明したそうですね。インスタグラムから鍵番号を読み取り、町の鍵屋に作らせる。付け加えるなら、我々が陳に疑いの目を向け始めたのも、スペアキーの入手を巡る捜査からでした。町の鍵屋を片っ端から当たっていったところ、当該の鍵番号でスペアキーの注文を受けた業者に辿り着いたのですが、店員の証言によると注文者は陳に酷似していたからです」

最重要の仕事を外注にするのは、いかにも素人のやり方だった。

「専門知識は不要。逆に言えば素人の計画だったから色々杜撰《ずさん》だった。留守だと思い込んでいた家では星野夫婦が就寝中だった。騒がれてパニックになった陳は盗みのために用意していた刃物で二人を刺し、これに健輔くんが巻き込まれてしまった」

「話の腰を折るようですが、どうしてそこに健輔が絡んでくるんですか」

「陳も相当に驚いたようです。二人を刺した現場に、同じゼミの仲間が現れたんですからね。健輔くんからは直接聴取できませんが、わたしが想像するに、健輔くんは星野希久子さんに恋慕していたが、それは憧《あこが》れ以上のものではなかったと思います。若者が憧れの異性を目で追う、つい隠し撮りをしてしまうというのは理解できない心理じゃありません。そして目で追っていると、彼女に付き纏う陳の姿も同様に目についたはずなんです」

健輔はいつしか陳を警戒するようになったという見立てだ。不審者が見ず知らずの人間ならともかく、同じゼミの仲間であれば健輔も秘密裏に陳を監視できたであろうことは想像に難くない。

「陳を尾行していた健輔くんは遅れて現場に足を踏み入れる。陳は目撃者封じのため、彼も殺害してしまう。その直後に一計を案じ、刃物から自分の指紋を拭《ふ》き取って健輔くんの手に握らせた。彼が星野希久子さんのインスタグラムをフォローしているのを知っていて、咄嗟《とっさ》に無理心中をでっちあげようと思いついたんです。ああ、この部分は陳本人が自白した内容で、わたしの想像ではありません。また現場から採取されていた不明毛髪と不明下足痕《こん》が陳のものと一致しました」

「しかし、何故《なぜ》陳は放火なんて思いついたのですか。表向き、事件は健輔の犯行で一件落着していたのに」

これはウチの落ち度なのですがと、宮藤は珍しく面目なさそうに声を落とした。

「陳が我々の監視に気づいたらしい。今まで安心しきっていた陳は、たちまち疑心暗鬼に駆られたのでしょうね。自分は現場に何か残していないか、警察が押収し忘れたものはないか。供述によれば、不安に怯《おび》えた挙句に証拠隠滅を図ったそうです」

証拠隠滅を図ったつもりが逆に尻尾《しっぽ》を捕まえられたのだから、やはりどこまでも素人の犯行と言えた。

「結局、健輔は巻き添えを食ったんですね」

「あなたには打ち明けますが、高級官僚が被害に遭《あ》った事情から、捜査本部は一刻も早い事件解明を急がされていた。状況証拠と凶器に付着した指紋で健輔くんの容疑は濃厚だったので、早々に幕引きを図った経緯があります」

「でも、あなたたちは捜査を続けてくれていた」

「正確にはわたしたちの班がです。刑事部長や管理官が飛びついた結論は、いかにも拙速の感が拭《ぬぐ》えなかった。ただ宮仕えの身では、送検した案件について誤認だと正面切って申し立てができなかった。その点は慎んで陳謝します」

宮藤と葛城は、ほぼ同時に頭を下げた。息子の汚名を雪《そそ》いでくれた二人に、文句などあろうはずもない。多少の行き違いはあったにせよ、彼らは彼らの領分で職責を果たしたのだ。

つられて志賀も頭を下げた。

4

「やっぱり、ちょっと」

志賀の自宅に向かうタクシーの中で、奈々美は逡巡《しゅんじゅん》を見せた。

志賀に比べて奈々美の火傷は軽く、ほんの数日で傷は癒えた。だが肉体的にはともかく精神面の傷は癒えようがない。結果として星野宅は全焼し、奈々美は住まいを失った。幸い火災保険と両親の生命保険があるのでカネには困らないものの、十四歳の少女がホテル住まいというのも考えものだ。

しばらくウチに住んでみないか。

志賀からの提案は単なる思いつきでもない。経済的余裕があっても、身元保証人がいなければ未成年には何かと支障が生じる。不謹慎な言い方になるが、星野宅が全焼してしまったことはある意味で渡りに船だったのだ。しかも志賀の家は一人で住むには広過ぎる。

幸い健輔の嫌疑が晴れたので、奈々美の志賀に対する怨嗟《えんさ》は雲散霧消しているはずだった。しかし、だからといっていきなり手の平を返せるほど奈々美は器用ではなかった。

「これまでずっとオジサンたちを目の敵にしていたのに、今更世話になるってみっともないじゃん」

「気にするな」

「気にするよ。オジサンは殴られた側じゃない。殴った方は忘れても殴られた方は決して忘れない。そういうものでしょ」

「それなら奈々美ちゃんだって散々殴られた側だ。言ってみれば俺と奈々美ちゃんは被害者同盟みたいなものだろ。同盟は助け合ってこそ同盟だ」

「……変な理屈」

「理屈というのは行動を正当化するためにある」

「言っとくけど、まだ決めた訳じゃないから」

「別に今決めなくてもいい」

「あたし、プライバシー重視だから」

「好きに使える部屋が余っている」

「綺麗《きれい》好きじゃないし」

「散らかすのは自分の部屋だけにしておいてくれ」

「料理、超絶下手だし」

「奇遇だな。俺もだ」

奈々美は色々と不都合を並べ立てるが、タクシーに同乗した時点で八割がた態度を決めているも同然だ。将来は養子縁組も考えているが、奈々美が嫌がるのであれば当面は同居人で構わない。いずれにしても彼女には庇護者《ひごしゃ》が必要だ。

陳の逮捕を以て、健輔の嫌疑は晴れた。星野宅全焼の翌日、警察発表を受けて各メディアは事件の真相をトップニュースで伝えた。志賀の入院先には楢崎のみならず、古巣の編集部から鳥飼まで見舞いに馳《は》せ参じた。二人とも見舞いがてらに何か言いたそうだったが、やがては春潮社本体から何らかの沙汰が下されるだろう。

タクシーが自宅マンションに到着する。有難いことにマスコミ関係者の姿は見当たらない。エレベーターに乗り込むと奈々美が身体を固くしているのが分かった。

「緊張するー」

「どうして。ウチを訪ねるのはこれが初めてじゃないだろう」

「あの時とは目的が違うって」

十階で降り、廊下に出てから見つけた。

1006号室、玄関ドアの前で立ち尽くしていた女がこちらに振り向いた。

鞠子は不思議そうな顔をしていた。

西原理恵子の
夜がどれほど暗くても
解説コミック!
この人はよっぽど新潮社が嫌いなんだなあ

［編注］中山七里先生は、新潮社からも本を出版しており、関係は良好です。

息子がストーカー殺人犯で
自殺という地球クラスに重い
話が
2/3くらいアジってます
そういうお年頃なんでしょう
まず新潮キライで
全く進みません
主人公（加害者の父）と
ヒロイン（被害者の娘）が
お教室で
グーセンばったり
というのも好きですが

とりあえず絶壁から一言
どーん。
14歳の不良が昭和のピンチ
年がいくと動かなくなるけどさあ ニーゆーとこは直してかないと
ど、どーーん

ざざーーん
〆の
「幸い健輔の
息子
嫌疑が
晴れたので」
この全てを
一瞬で閉店に
する
急ぎ
働き文に
でででで
深く感銘いたしました
コレ私
勉強する
トコ
勇気を
出して
やってみる
七里
次の
感想まんがも
待ってるぜ
ヘイ
バッチ
コイ

＊本書は二〇二〇年三月に小社より単行本として刊行された小説です。

Haruki Bunko
ハルキ文庫

な 21-1

夜《よる》がどれほど暗《くら》くても

著者 中山七里《なかやましちり》

2020年10月8日第一刷発行
2020年11月8日第三刷発行

発行者 角川春樹

発行所 株式会社角川春樹事務所
〒102-0074 東京都千代田区九段南2-1-30 イタリア文化会館

電話 03（3263）5247（編集）
03（3263）5881（営業）

印刷・製本 中央精版印刷株式会社

フォーマット・デザイン 芦澤泰偉
表紙イラストレーション 門坂 流



ISBN978-4-7584-4363-0 C0193 ©2020 Nakayama Shichiri Printed in Japan
http://www.kadokawaharuki.co.jp/［営業］
fanmail@kadokawaharuki.co.jp［編集］ ご意見・ご感想をお寄せください。

## 残照
今野 敏

台場で起きた少年刺殺事件に疑問を持った東京湾臨海署の
安積警部補は、交通機動隊とともに首都高最速の伝説のスカイラインを追う。
大興奮の警察小説。(解説・長谷部史親)

## 陽炎 東京湾臨海署安積班
今野 敏

刑事、鑑識、科学特捜班。それぞれの男たちの捜査は、
事件の真相に辿り着けるのか？　ST青山と安積班の捜査を描いた、
『科学捜査』を含む新ベイエリア分署シリーズ。

## 最前線 東京湾臨海署安積班
今野 敏

お台場のテレビ局に出演予定の香港スターへ、暗殺予告が届いた。
不審船の密航者が暗殺犯の可能性が――。
新ベイエリア分署・安積班シリーズ！(解説・末國善己)

## 半夏生 東京湾臨海署安積班
今野 敏

外国人男性が原因不明の高熱を発し、死亡した。
やがて、本庁公安部が動き始める――。これはバイオテロなのか？
長篇警察小説。(解説・関口苑生)

## 花水木 東京湾臨海署安積班
今野 敏

東京湾臨海署に喧嘩の被害届が出された夜、
さらに、管内で殺人事件が発生した。二つの事件の意外な真相とは⁉
表題作他、四編を収録した安積班シリーズ。(解説・細谷正充)